U0021901

高嘉謙｜主編

長夏之詩

陳志銳——著

「浮羅人文書系」編輯前言

高嘉謙

島嶼，相對於大陸是邊緣或邊陲，這是地理學視野下的認知。但從人文地理和地緣政治而言，島嶼自然可以是中心，一個帶有意義的「地方」（place），或現象學意義上的「場所」（site），展示其存在位置及主體性。從島嶼往外跨足，由近海到遠洋，面向淺灘、海灣、海峽，或礁島、群島、半島，點與點的鏈接，帶我們跨入廣袤和不同的海陸區域、季風地帶。但回看島嶼方位，我們探問的是一種攸關存在、感知、生活的立足點和視點，一種從島嶼外延的追尋。

臺灣孤懸中國大陸南方海角一隅，北邊有琉球、日本，南方則是菲律賓群島。臺灣有漢人與漢文化的播遷、繼承與新創，然而同時作為南島文化圈的一環，臺灣可辨識存在過的南島語就有二十八種之多，在語言學和人類學家眼中，臺灣甚至是南島語族的原鄉。這說明自古早時期，臺灣島的外延意義，不始於大航海時代荷蘭和西班牙的短暫占領，以及明鄭時期接軌日本、中國和東南亞的海上貿易圈，而有更早南島語族的跨海遷徙。這是一種移動的世界觀，在模糊的疆界和邊域裡遷徙、游移。透過歷史的縱深，自我觀照，探索外邊的文化與知識創造，形塑了值得我們重新省思的島嶼精神。

在南島語系裡，馬來—玻里尼西亞語族（Proto-Malayo-Polynesian）稱呼島嶼有一組相近的名稱。馬來語稱pulau，印尼爪哇的巽他族（Sundanese）稱pulo，菲律賓呂宋島使用的他加祿語（Tagalog）也稱pulo，菲律賓的伊洛卡諾語（Ilocano）則稱puro。這些詞彙都可以音譯為中文的「浮羅」一詞。換言之，浮羅人文，等同於島嶼人文，補上了一個南島視點。

以浮羅人文為書系命名，其實另有島鏈，或島線的涵義。在冷戰期間的島鏈（island chain）有其戰略意義，目的在於圍堵或防衛，封鎖社會主義政治和思潮的擴張。諸如屬於第一島鏈的臺灣，就在冷戰氛圍裡接受了美援文化。但從文化意義而言，島鏈作為一種跨海域的島嶼連結，也啟動了地緣知識、區域研究、地方風土的知識體系的建構。在這層意義上，浮羅人文的積極意義，正是從島嶼走向他方，展開知識的連結與播遷。

本書系強調的是海洋視角，從陸地往離岸的遠海，在海洋之間尋找支點，接連另一片陸地，重新扎根再遷徙，走出一個文化與文明世界。這類似早期南島文化的播遷，從島嶼出發，沿航路移動，文化循線交融與生根，視野超越陸地疆界，跨海和越境締造知識的新視野。

高嘉謙，國立臺灣大學中國文學系副教授，著有《遺民、疆界與現代性：漢詩的南方離散與抒情（一八九五—一九四五）》、《國族與歷史的隱喻：近現代武俠傳奇的精神史考察（一八九五—一九四九）》、《馬華文學批評大系：高嘉謙》等。

推薦序

夢土詩國漫遊者

須文蔚

陳志銳是詩意的漫遊者，在一個雨季尚未到來的夜晚，新加坡依舊頗為燠熱，我們曾在城中信步走踏，經過南洋藝術學院、克里斯南興都廟、四馬路觀音廟、蘇丹回教堂與露德聖母堂，一路聽他解說當地人多元的宗教信仰，介紹近年來藉由古蹟活化應用於當代藝術、書法、小劇場的文化設施，因為步行的速度慢，曾經給流光丟失與碾碎的一切，有如魔法一樣復活在眼前，真切而實在。

多年後，收到詩集《長夏之詩》，無疑又由他嚮導，踏上一場漫長的詩國漫遊，主題所觸及的地理空間，從獅城出發，遠征志銳負笈留學的台北與劍橋。在跨越的時間維度上，上溯上個世紀因為戰亂，九流十家到新馬的離散經驗，記錄當下新冠肺炎病毒疫情的肆虐。陳志銳執意要以詩當導遊，展現他的學思歷程，以及對華文文學歷劫難的飄零歷程，在形式上則以一組又一組的長詩，以綿延的篇章敘事與抒情，讓讀者更深度咀嚼來自舊時光中的記憶，或是反思當下流俗與意識形態衝突所毀壞的文化，正由於篇章的綿長，所喚醒的情感與感動也越豐富，在夢土詩國的旅行越綿延，也受到陳志銳內在抒情力量感染越深。

新加坡在現代史上，見證了辛亥革命、二次世界大戰、國共內戰帶來的天翻地覆，大批文人隨著季風，跨海帶來中原的文明風教，也隨著將情迷家國（Obsession with China）的意念浸染於斯土。在〈逃難的中華字典〉中，就點出：「難查字詞身帶太繁雜的細軟／胡亂安家　隨便下葬／音節表奏著進行曲似的軍歌／南音北調得何其熙熙攘攘」（「字詞散」），就藉由《中華大字典》在南洋的重刊，從其中南腔北調的形音義，消解夷夏之防，北方為正統，南方為外族的刻板意象，衣冠南渡，方塊字搭建了華人的屋宇，讓原鄉的人文風景在異鄉日日上演，安身立命。而在冷戰的地緣政治中，新加坡左右逢源，力求平衡，也更能客觀評議兩岸或中港間的矛盾、衝突與撕裂，在「附錄亡」一節中，詩人悲觀地嘆息：

彷彿進行著一場糾葛文化顛覆血緣的
南征北戰，文字之間手足相殘
一本太過簡化的中華字典

終被撕爛

原本以正體字編就的《中華大字典》，在簡體字風行後，顯得不再合用，詩人進一步以簡化諷喻以刻板印象引發的對立，無法異中求同，當是時代紛亂的源頭，也是來自遠方的冷靜觀察。

陳志銳青年時期在臺師大攻讀中文，台北一九八〇年代花團錦簇的詩壇，他一定曾仰望群星，〈尋你，不果〉頗得余光中〈等你，在雨中〉的深情，穿梭在古典的意象與當代的景象間，尋覓甚至「翻過宇宙時空的圍牆／我跳躍，抵抗著萬有的地心引力／找你，不斷不斷」，營造出更具張力的戀慕。

老台北印記在陳志銳的腦海中，楊牧卓越的詩藝更值得一生追求。在楊牧逝世一年後，洪範書局出版了未刊稿與手稿《微塵》，陳志銳寫下〈疫中讀楊牧《微塵》十回〉，既懊悔再無機緣親炙詩人，傾訴三十年來讀後的感懷，也深深在楊牧多個版本的手稿中，從反覆改動的字句間，感受到書寫的鄭重與細膩，在「拯救字粒」一節中，他望著楊牧的遺稿，心疼遭刪去的標點、字粒、詞藻、句法，想要逐一救回，於是邀約：

來，請入我的詩作

他棄之如敝屣的我拾若珍寶
一起甦醒康復長生不老
不管通俗或冷僻，他的字顆顆粒粒，只管浴火
當然舍利

陳志銳以詩評詩，評價楊牧修辭的精細與奮力，並且在上個世紀末就甘冒時代的大不韙，「以孤星之姿，自火山頭劃過」（「比輕吟還輕」），仰望楊牧以生命的深刻體會書寫，也承諾與期許自己能以同樣的心輕吟在天涯。

《長夏之詩》最深度的漫步，絕對是在新加坡的巷道與陳跡間，詩人敏銳感知地誌風土，道出華人文化飄零、生根與變遷的歷程。如〈歲末返歸南僑母校金炎路舊校舍驚覺原來如此〉中，一位推動新加坡華文教育的學者，回到小學，思及啟蒙班傳承華文教育與傳統文化，才發現自身的努力原來其來有自。或如〈信箋五札〉中「漫漶書丹——致書法家潘受」，嫻熟書法藝術的陳志銳緬懷前輩，也同時懷想新加坡僑界興辦「南洋大學」的未酬壯志，筆墨間交織的情意：「寫作就是零下的一把火／溫著歷史縫中的希望／即使在北地激盪往復的狼嚎回音中／即使未來可能的終於還很遠／即使人類已經如狼豹，仍相信／史前的第一把火／有過的熱」讓人感動萬分。

同樣向新加坡前行者致敬的「解夢──致戲劇家郭寶崑」，推崇一九七六年遭新加坡政府拘禁的劇作家郭寶崑，因為不肯簽悔過書，拒絕上電視認罪，坐了四年七個月的監牢，還遭革除公民權，直到一九九二年才恢復。詩中提及：

您相信　所有越獄的夢
都根植在一棵怪老樹身上
樹幹即使疏離，枝葉觸碰，根鬚溝通
殊途同歸的自由
就是夢的深度和高度

詩人心理分析式的書寫，不僅道出郭寶崑人道主義與爭取自由的夢想，也寫出現實中的困頓，猶待後繼者的反思與堅持。

閱讀《長夏之詩》總會想起班雅明（Walter Benjamin）筆下的漫遊者或是拾荒者，班雅明描寫波特萊爾總在巴黎信步慢走，每日蒐集大城市所拋出、棄置與鄙夷的事物，不但加以撿拾，還分門別類，取捨且記錄，寫下令人瞠目結舌的詩篇。同樣「資源回收」的努力，如〈給孩子的埋藏〉就深情對著孩子呼告：

孩子，請記著
我將母語的詞根
埋藏在北國的石堆底下
以備深冬鑽木的不時之需
或者春暖的冒險發芽

原來等待挖掘的蒐藏未必能稱為「寶藏」，但熟悉母語，或有可能在未來成為往北國冒險的祕密武器，為孩子取暖與增添勇氣。顯然陳志銳以詩抵抗華語與傳統文化的失落，不僅僅憂心語文教育的式微，在〈節後餘聲：農曆的年味兒〉一詩中，就以幽默感記錄下年味越來越淡的舊曆年。最妙的後現代筆法就是〈墨家〉一詩：

就讓我們墨守成規
在烏鴉鴉的墨汁裡
浸泡全世界的愛心
要黑
就讓天地一併變黑

刻意區解了墨家兼愛非攻的哲學觀，把當代墨家形容為黑白不分的顢頇與保守者，令人莞爾，也透露出強烈的諷刺精神。

陳志銳在夢土詩國中漫遊，背對流行與通俗，在疏離感充斥的大都會，以詩揭示人文精神的奧義，讓遭到眾人遺忘的真實畫面留存，不至於放任流光席捲而去。記得第一次與志銳認識的下午，我在二〇一八年新加坡早報文學節的會場，有幸與小說家英培安比鄰而坐，當時先生身體微恙，依舊挺立於講台闡述創作理念，三年後，驚聞他離世。當讀到〈鑿石穿縫之光：讀您的詩集《石頭》〉一詩：

記住同穿一件新衣的國王與死神
記住了枕邊的愛記住了始終的你
記住了一個詩人的永恆身分證
記住了　越來越沉默的
忘記

就如同望見堅持於書寫、出版與教育的小說家，依舊挺立於各種橫逆中，石頭已成為大山的譬喻，令人動容。

記得在獅城漫步後，談起見聞，當地朋友總說：「我們怕熱，不怎麼散步，搭地鐵比較方便。」

或許正是有別於蟄伏於地鐵的大眾，漫遊者不但慢，且能以綿長的思緒構築長詩，陳志銳在《長夏之詩》所繳出的成績單在新加坡當代詩中，絕對是厚重且充滿革新意義的創舉，也期待如詩人的自我期許〈寫作是一場偉大的冒險與就義〉中所說：「文字已經付梓，創作才剛開始」。能繼續漫遊與書寫，為時代見證。

須文蔚，詩人，國立臺灣師範大學文學院副院長

目次

追尋童年的Sadvijana：詩六首

1

眼識：新南洋．後星洲的早上

新南洋、後星洲的早上，
續星星縫上紅白的國旗隨風飄蕩
新聞誕生在普天同慶的晴朗早晨，一塊後殖民土地人稱彈丸
遠離了永恆的海洋，安心居住在99年地契的組屋樓上
用簡體字呱呱，以橫行的方向落地
它在鉛字中成長，增長率裡頭肥胖

Sadvijana：梵文，即六識——眼識、耳識、鼻識、舌識、身識、意識。《俱舍論》：「由眼等『根』有轉變故，諸識轉異，隨根增損，識明昧故。非色等變，令識有異，以識隨根，不隨境故。」

那個早上
南洋星洲的所有公雞一起啼唱——聯合早報
的創刊濫觴

版頭

一九八三年三月十六日
一個沉重的連體嬰
在你的門前安然擺下
左眼放眼南洋
右眼眺望星洲
鼻孔卻是一同出氣的
聯合早報

在版頭
潘受以勾腕
融合了南洋星洲的不同字跡

在版頭
聯合開始粗壯，早報開始成長
可憐的南洋星洲
是版頭兩個阻礙設計的時間囊
所謂聯合，必然是不僅南洋不限星洲
版頭的每一個大字都放眼
全球的四面八方

頭版

創刊聲明沸騰在街頭
社論脫離版面精采在街尾
連同晚報
舞獅舞龍般雙喜雙慶的熱鬧
在頭版

《南洋．星洲聯合早報》：前身是一九二三年創刊的《南洋商報》和一九二九年創刊的《星洲日報》，一九八三年二報合併，簡稱《聯合早報》。

一個頭版是一張表情清晰的臉
所有島民的日課
從此簡單

內文

對於選項的減少
早起的考生瞳孔大半喜出望外
批閱者省略額外的紅墨汁
民生聚集在社論版
所有的聲音在此迴響應該容易興風作浪
可是宛若演說者角落的風潮
殘留的激動都撐起了拐杖
剩餘的感歎都畫上了框框
有人呼籲為煽動的字眼戴上保險套
有人抗議每個冒號都披上盔甲頭罩
沒有一種字體比另一種更受寵
沒有一個鉛字在付梓後

立刻知道自己是朽或不朽
一種嶄新的視野正邀約你的
期待和目光

你迅速翻到青少年版
然後才恍然
原來昨天刊登在星洲少年的作文
〈我的志願〉
已經列入文物檔案
現在是新一代的天堂
你必須儘快習慣
這種選賢以能的禪讓

新南洋、後星洲的早上
你翻完早報依然隨媽媽上巴剎
地上濕滑人聲鼎沸場景依然是星洲南洋
只是臨走你看到豆芽嫂

以最後一份南洋商報捆綁了參差錯亂的芽根
再順手一張星洲日報
吸乾了有礙觀瞻的汗水灘

2

耳識：麗的呼聲

考據姓名
朋友從沒聽過的名字
在我的喉結與舌面之間竄行衝撞
彷彿保密太嚴的個人隱疾
我支吾著
讓病態滿面的懷舊口吻
為說明及解釋打上死結
「像無線收音機的有線黑箱」
朋友目瞪如愕然卡住的照相機

口呆似男廁張口結舌的小便池
我的遺詞是找不到頻道的遙控器
理解的天線在無線的科技世代
接收不到有限的
歷史

歷史的口音

而歷史正是它最擅長的口音
連李大傻清痰的一聲「苛」
也是記憶喉頭的流行性發炎
回憶的病菌在童年的溫床上躺下
再慢性蔓延成
永恆的睡眠

麗的呼聲：新加坡一家成立於一九四九年的有線廣播公司，二〇一二年結業。
咖啡烏：無奶南洋咖啡。

那已是個睡著了的朝代
塵封的事蹟在阿嬤與爸爸的年代將眼睛睜開
木板凳和咖啡烏之間
是大人小孩排排坐的聆聽
及攪和在濃郁香氣中
廣播劇裡抑揚頓挫的虛擬幻境

虛幻的還有裊裊的朦朧
在阿嬤的古舊香鋪內瀰漫成
童年的味道
最有滋味的
要數我耽溺午睡的稚嫩夢境
那幻想的世界
必在潮語新聞中睡去
粵語講古中轉醒
沒有電話電視的五腳基歲月

攤開著黑白的平面日子
它卻以多彩的聲調
讓世界立體

後宮的歎息

午後皺皺的陽光總暖暖地
燙在它烏黑的身上
彷彿停格了時間，黏膩了空氣
它悠悠地低吟著小調
閒話著家常
一如天寶年間的後宮裡
此起彼伏的歎息

神檯易主

歡呼中，童年開始長大
歎息著，它披上了白色的外皮
像白髮蒼茫的王道

僅當無人在家時才高聲敘舊
（據說當年防範罪案口號如是宣傳）
製造著家中有人的熱鬧假象

懷舊旋律像邊唱邊咳的廉價麥克風
發出的噪音如掙扎著的哮喘病患
躺臥在白色的四壁
之中
輸送聲音的白色電線是垂吊的點滴管子
孜孜灌入
超過食限的維生素

遠處的無線收音機面露
狡黠的口舌
占領了每一寸空氣的頻率
無以復加地奏起了凱歌
舉國同慶般

大剌剌地坐上了神檯

聲音的遺址

當世界都一刀將臍帶斬斷
它仍用力地吮吸著
母體迅速發皺下垂的乳頭
喉頭殘喘著那把苟延的嗓子
變酸的奶水隨五腳基的咖啡烏
一同倒進歷史的陰溝

一排排廢棄在老家的木板凳上
仍排排坐著失聰的家族記憶
金色和銀色電臺都被收錄進泛黃的黑白相簿
人聲掌聲卻一戶戶從衰敗的聲音國度中移民
唯獨留下
一條流利的方言舌頭
一家習慣聆聽的耳朵

最後的呼聲

朋友從沒聽過的名字
在我張口結舌地解釋當兒
遽然聽到
一個下落不明的黑箱
在嗓子失事的殘骸堆中
陰森地發出最後一聲慘厲
　的
　　呼
　　　聲

3

鼻識：白鞋油

星期幾　雨後

我把童年穿在腳上
踏過昨天的小學

那白鞋油塗過灰黃的鞋面
如蓋過所有泛黃的黑白照
在純白色的味道中
我嗅吸到星期一早上的慌張
星期五下午的興奮

踢踢踏踏踢
我快速奔過無邪的操場
純真的笑如天空白淨的雲朵開落
踩過跳遠的場地
涉過籃球場的水窪
越過禁止踐踏的草坪
我的年少就在對面

星期六　晴
燙熱的午後
以暖暖的水清洗著一個星期的奔馳

累積的路途在鞋面上髒成風景
釀成汗雨相交的童稚氣味
浠浠刷
剩下灰白的鞋油如白色的血
擴散成紅色小盆子裡的水泡
小腳踝和白襪子的體味
從此蒸發
而教室的沉悶氣息如悒悒的讀書聲
仍潛伏在水裡黏貼著鞋面

我一面洗鞋一面稟報一個星期的跑跳
媽媽洗著衣服　洗著衣服上的疲憊
疲憊的鞋底也開始穿洞
我的手指穿過鞋底露出幼年的指甲
泛灰的水自由進出
我不斷刷著　刷著自己近期的史蹟
彷彿一種模糊卻早熟的掙扎

讓兩條鞋帶如遲鈍的蚯蚓在旁潛水
白鞋才得到片刻的解脫

然後在暖日中成雙擺開
像兩尾吐著舌頭的翻肚魚癱在窗沿
如光合作用中的葉子吸納週末的
自由光熱

星期天　晴

如一隻白色的牛蛙把寬闊的舌頭捲起
我把手掌穿入乾硬的帆布鞋
手握海綿似化妝師
要為它打上最均勻的白色粉底
恰似新娘的面妝
小心不要畫過了頭出了線
不要塗得太厚讓表情僵硬

簡單而累贅的上妝儀式
是每個禮拜日必做的禮拜
濃稠的鞋油
讓空氣也沾染了節慶的新鮮味道

星期幾　雨

我送侄兒一罐白鞋油
卻望著他把自己的童年套在腳上
無需上妝的運動鞋
不必洗不用刷不需塗不要禮拜
在星期一上學的路上四處炫耀
鮮豔的色彩如誇張的表情

而那罐未開的白鞋油
他機靈地說
就充當價廉物美的
塗改劑吧！

4

舌識：舌頭的鹹酸甜夢

我做過一組秀色可餐的夢：

在無人的廚房龐大的冰箱前
將舌面如托盤擺滿零嘴
讓每一個味蕾各得其所公平以對
但在每一次舌頭縮回
門牙欲如斷頭刀咬下瞬間
夢　驚醒
所有未及逃脫的甜酸辣爽脆
都像牙垢黏在夢的牙縫間
準備蛀蝕發霉——

舌前沿嗜鹹：Kacang Putih
五歲那年我第一次上電影院
早熟的舌頭已經發育完全

那個味覺的戰亂時代
電影院外的印度人是最聰明的軍火供應商
開場前半點鐘才拖出嬰兒推車般的小攤位
沒有招牌也毋需招攬
生意準時圍攏交易迅速手法敏捷
他是坐擁形色鐵罐繽紛豆類香脆鹹食的
零食界大梟雄
沒有一隻幼齒不臣服 Kacang Putih 旗下

《閃電騎士》在戲院裡頭迫不及待
而我仍踮著腳尖欣賞零食王國裡的滿漢全席
面對過多的誘惑我總是猶豫難決，像剛登基的貪婪皇帝
終於狠心割愛，手指一指再指
他邊哼著無人明瞭的淡米爾歌曲
邊用唯一的鐵匙以三種等值的口味
餵飽雜誌內頁捲成的圓錐體
再把錐口按平，捏成拉長的變形粽子

或沒有烈焰的火炬
步入漆黑的電影情節
我得意地高舉，儼然帶路的火把
鹽巴防腐，以致多年後憶起閃電騎士
總也披上一層鹽霜
總也夾雜獨一無二的香脆綠豆滋味

電影成為最昂貴的藉口
五元的戲票換取五角錢的選擇權
在黑暗中，我咀嚼過小李飛刀
啃食過大白鯊
它們都呈圓錐形都是鹹的

我們尾隨電影長大
電影院卻帶頭變老
淡米爾文的歌是漏風的 kacang putih
尖尖的圓錐筒內捲著我們聽得懂的咳嗽

直到眼光移民電影城
爆米花爆躍為當紅口味
八元的戲票五元的爆米花套餐
生意隨時圍攏交易迅速機器敏捷
杜比環繞音響系統中
再也無法聆聽聽不懂的曲調
陷入帝王般的絨毛座椅裡
我聽到前後左右爆發出完全雷同的
爆米花咀嚼聲

當晚夢中的滿漢全席
竟都呈圓錐形竟都是鹹的

舌兩側嗜酸：酸梅
阿嬤的香燭店裡有個小隔間
暗暗的角落小小的床
躺著我入學前日日的午睡

還是味覺記憶的孵化巢
和舌肌的鍛鍊場地——

午後三點阿嬤準時在店門前
吊嗓子喊我午睡
我的小名像緊箍咒響遍街頭
巷尾的彈珠大戰仍未翻身
我邊跑邊回頭哀悼
那粒被攻陷的純白彈珠
半拖半拉阿嬤以一整間店的佛像威脅我進入暗房
彷彿被迫出家塵事未結的小僧徒
我在床內側面壁扮盡鬼臉
床褥上的草蓆不甘心地輾轉反側
搖晃中阿嬤遽然坐起
壁櫥裡取出一整盒酸梅
如佛珠一般它們在黑暗中不住召喚

從此我只能虔誠皈依
三點一到，像螞蟻爬入腦殼
滿腦子的饞嘴
睡前的舌頭酸酸鹹鹹
連夢囈也嘀咕得津津有味

那天下班路過超市
琳琅滿目的酸梅在架子上終於找到我
腦子裡的螞蟻頓時復活
掙扎了片刻還是買了半打
管它究竟化痰還是惹痰
待我吃出午後三點的口感
安撫了舌頭兩側再說

舌尖嗜甜：叮叮糖
六歲我上啟蒙班
下課的校門老傳來額外的鈴聲

叮—叮叮—叮
叮—叮叮—叮
黝黑的老頭敲打著乳白的膠糖麵粉
活潑亂跳的甜意
在口水裡滋長
教室外我只能用口水吹著脆弱的泡泡
等爸爸來載的空檔
變得好長好長

十歲下課我終於自己回家
叮——叮叮｜叮｜叮｜叮叮
校門口的鈴聲比鐘聲還長
我將兩角錢的挨餓代價
遞給滿布麵粉的掌心
小小的透明塑膠袋盛著多麼多
口水泡泡的心事
我把膠糖拉得長長

激動得像吐絲的蜘蛛
舌尖舔了又舔，翻滾攪拌一如得意忘形的蜘蛛精
走向車站的長長路上
連陽光也是猛烈的甜

那年四年級我開始學查字典
在味覺的兒童字典裡
我驚見
絕大部分的字都屬甜部

叮——叮——叮——
準備抽籤入學的那天早上
我又聽到緩慢的額外鈴聲
賣叮叮糖的老頭
在校門邊伶仃站立
我的車子快速駛過
幾乎沒有察覺

只有未入學的我的孩子
莫名地手指：
「賣什麼石頭？」

如今輪到我把童話
包裹在精采的糖衣裡頭
孩子不疑有他地大口吞下
許多的鹹酸甜瞬間溶化
許多的乳齒循序待拔
童年記憶是被口舌遺忘的回甘
在門牙之間的縫隙裡
繼續掙扎

那曾是一條通往味覺堡壘的祕徑
起伏蜿蜒的道路
有每一個小孩直接單純的渴望
宛若直指桃花源的

唯一途徑
在舌頭富裕味覺老成之後
對膽固醇警惕對蛀牙防範之際
人人都晉級深諳世故的營養學家
避免碰觸幻想的糖霜執著的色素
桃花源已不得其門而入

而夢中
每一種零食
都會升天成夜空散布的恆星
在最暗的夢裡反射著童年
微弱的光

5

身識：那一條街

那是一條無名的街巷，展延在阿嬤心的　轉角

燈柱凋零，光線冥陰，趕路的人不到，連曾經熱鬧的住戶也集體　潛逃

豆腐街——

以福建的籍貫廣東的口音，阿嬤的敘述把我牽回到　豆腐老街
我們赤著腳輕踩像行走在阿嬤的掌心，掌心淺淺的　生命線上
短短的生命線　長長的街——我踮起腳尖生怕踩痛一些個信以為真的　豆腐
和阿嬤自縫的黑布褲——滑嫩和粗糙把腳板磨成鮮為人知的紋路，如荒蕪的　地圖
街市才開始，這邊豆腐攤正擺開，那邊酒樓　剛打烊
尋歡吃豆腐的王孫公子在宿醉的歸途撞上吆喝的各地　水客
柴瘦的姑娘以三水話叫賣以熟練的指頭為頭巾　打結
所有的方言在這裡交配繁殖，阿嬤以福建的籍貫廣東的　口音
娓娓　道來
而我，我只能用翻譯成華語的走姿，被她牽著一道小心翼翼地　躡足經過
我有限的想像　國度
那是一條古舊的巷弄，鋪著斑駁的水泥滋長　野草
陽光曬不到，日光照不著，連　影子

珍珠街——

也少

阿嬤的房子四周漏夜樹立成群看無的路標：她只知道，雙向的　大馬路
　右邊前往國慶的　廣場
　左邊通向北航返鄉的　渡頭
高樓已經在路的右邊打樁凝土，用霓虹的語言取堂皇拗口的　名號
所有的豆腐無故變硬，所有的豆干一齊發臭，阿嬤的家在路的　左下角
　駝背　彎腰
我拖著阿嬤的手，腳板在砂石灰土中長出厚繭紋路模糊，腳底的地圖　愈加生疏
　那是一條遙遠的小徑，腳印凌亂，回聲倉皇　繚繞
　牆壁上來不及寫完的搬遷通告，牆角未刻碑文的　墓塚
　唯一的香火，是地上被碾平的煙屁，曾經的　裊裊

Chin Chew Street——

才一恍惚路牌已經如枯枝連根拔起，忙碌的挖地工人在街這頭挖出了個　風水羅盤
三個小字量天尺刻在八卦中間；街那頭出土了兩本翻爛的　通書，
鬼婆銀和鬼婆蓮死後終究　埋在一塊
還有一包整齊的木籤，阿嬤撿起一根插入久違的耳洞，說是　打銀婆的寶
我低頭翻看腳丫，只見光滑的腳板　沒有紋路！
我們一次又一次的搬遷，搬過幼年童年少年中年　老年，
從豆腐街到珍珠街到　Chin Chew Street
太多的地址如阿嬤的地址曾經熟記卻　開始忘記
太多的習慣如搭巴士的習慣曾經不假思索卻不可　追索
行李錯雜的羅厘途中，連時間也岌岌閃避街邊。一條路　走走　停停
再點算時，就掉了路牌掉了鄰居，掉了姑姑的初戀　掉了
爸爸的　乳名
而爸爸的無敵彈珠大概還塞在老家的抽屜，硬化成一粒　樟腦丸
還有一條紅色的頭巾，晾在歷史的　曬衣線上

滴著阿嬤的　汗
扶著阿嬤的　手
我的腳板踏不到柔軟溫暖的回憶　土地
那已是一個閒人免進的　禁區
每一個轉角都是　一個死角
每一張通告都是　一張訃告
堅硬滾燙的　大馬路旁
行道樹早聽話　排好
鋪路工人　走後
我們的路　只剩下
單向　道

6
意識：國民意識教育

爺爺：

您在雨中寫信
潮濕的記憶陰寒的字跡
如伴雨的落花
滿徑的楓葉似冥紙
在一個曾令我愛恨皆非（沒有教科書明確教我該愛該恨）的殖民時代
您在一間燈火明滅的臥室
外頭是彈炮是煙火是無盡的夜
街弄錯雜　如橫竄的流彈　魑魅魍魎的
千百億萬隻犬吠蟬鳴撕扯著淳樸寧靜的夜幕
緊緊按壓著
未升的旭日
而您就在開炮前靜靜
靜靜給我
寫信

爺爺：
我在六十年後收信

小六會考前夕的課本裡讀到您的手跡
您的同鄉　你們的童年　他們的眼淚
在字裡行間烘得乾癟
瘦瘦長長的字體
如無血無肉骷髏
一具具隨課文葬在紙上
埋進墨黑色的墨汁中
一如墨黑洶湧的南中國海浪
而我只能默默
默默
讀信

爺爺：
您我只在如風雨交加的清明節和考季課本裡相遇
掙扎是你們留言的姿勢
沉默是我們打招呼的言語
許多斑駁的信函欲雕鑄我們思考的腦紋

許多似遙遠又親密的對話語氣
許多無聲
又記錄了負重過量我們的
互望與互忘（是的，我們的國民教育教材沒有這章）

檔案照片總有您的
墳頭

四根白柱的高聳紀念碑必是我們家族自古最大的墓穴
您的唯一遺物據說是柱子底下被蟻啃蟲蛀的一根肋骨
在成群參觀遊客考察學生約會情侶叢中我該如何辨認
一如當年雕刻在蒼白大理石墓碑上的繁體字和文言文

我確實無法明白如何「肇始」怎樣「表幽宅」
雖然是爺爺您以筆桿編寫我的國民教育課本猶如嘔吐災害
我只能以背誦答案猶如吮吸苦難
您寫著您的血

我讀著我的
如獨自
坐在太平盛世的地球儀
旋轉，旋轉如經歷慢性死亡的人蟻
面對龐大無邊無止的野蠻
卻無從還擊（分數是我們面臨的最大野蠻）

爺爺：
您只能如是書寫
復書寫
而您如魔咒的字音
只在我和平目光的撫摸下
頻頻囁囁著
我聽不懂的鄉音

信箋五札

1

解夢——致戲劇家郭寶崑

細雨如麻腳，天色如水浪，在風雨的37年中，歷史長青的樹有著滄桑的年輕

您回憶　一九六五年的夢
倚著褐色的粗糙
以光鮮滑膩的白背脊
開始醞釀了越獄的大計

您知道　腳下土黃色的頑固瀰漫
赤道上無遠弗屆的牢獄，階下囚滿為患

是紅色的水是星月形狀的氧
是純白的光

您相信　所有越獄的夢
都根植在一棵怪老樹身上
樹幹即使疏離，枝葉觸碰，根鬚溝通
殊途同歸的自由
就是夢的深度和高度

二〇〇二年末，島嶼上豢養著嬗變的節奏不變的風景

沒有您的劇場，天氣依然
午後陣雨全島細雨偶爾暴風雨
即使打雷閃電，陰晴始終有限
何況不關僵化的廿二度室內空調
令空氣也窒息的亙古氣候，甚至溫度
為夢　脆弱的裙裾沾上怎麼洗也洗不髒的

乾淨汙漬

沒有您的舞臺，我們如何死守遙遠的臺詞
幕後，夢在棺材內輾轉
在長方形的停車位中出軌
幕前，舞臺如囚獄他們
邊猛晃鐵柵邊口誅筆伐我們
僅能以觀眾的稀落掌聲隨便回應

沒有您的導戲，演員是否在演習生活
還是沿襲傳統或者構建監獄
演戲難道只是
掃一掃裱褙了的　歷史
吹一吹凝固了的　空氣
二〇〇二年，您乘上小白船如諾亞方舟
以死亡之姿出獄

出殯的訃告如雨勢
傾斜的角度恰恰好滂沱
在土黃色的牢銬間
依然乖巧的囚犯身上
然而陪伴我們無期徒刑
卻放眼大赦的，必然是
您，長生不老且不會虧待我們的
夢

後記：
郭寶崑（一九三九—二〇〇二）被認為是「新加坡最重要的戲劇家」，代表作包括：《棺材太大洞太小》、《單日不可停車》、《傻姑娘和怪老樹》、《尋找小貓的媽媽》等。間中曾以政治犯的名義被拘捕並未經審訊地囚禁了四年半。

2 漫漶書丹——致書法家潘受

N 翰墨出血

一個一個字體從宣紙上漏夜出走
打包好行氣的行囊
以行書的速度　斜體的慌張
一個個排隊逃亡
有感歎號的驚險，問號也迷失方向
如難民潮挾持著平仄押韻
倉皇辭廟地登船啟航

一九九九年遺言從宣紙出血：
筆在字在
筆亡字殘

A 飛而不白

筆的上一次逃難
狂草在依稀的一九六〇年
一紙公民權離散
一封辭職信遞呈
身前三公里長的夾路相思林才豔紅欲滴
身後一行毫無體勢可言的洋文打字公文
早仗勢在南園漫漶的牌坊

N 擘窠書遲

三十年後您以何等筆法揮毫
受囑題字校門嶄新的大牌坊——
南　洋　理　工　大　學
短短六個字悠悠三十載
卡在間中的理工
是史冊論不完的理
時代分不清的過與功

您
如何下筆

T 萬毫齊力
今日當所有的文化勛章已陪伴下葬
每一首詩都成為絕響
您還懸念著唯一的一幅
未撰的懸腕榜署
□□□□

A 綿裡裹針
於是您鋪氈您磨墨您潤筆您勾腕您疾書復疾書
練四個字

H 戰筆顫掣
二〇〇三年您筆尖的每一寸毫毛
仍在等待硯墨

而且第一次未走筆
先顫

後記：
潘受（一九一一——一九九九），新加坡愛國教育家和古典詩人，更是國寶級書法家。一九五五至一九六〇年，曾任前南洋大學祕書長，過世前一年獲南洋理工大學頒予名譽文學博士學位，致答辭中以復名南洋大學為唯一願望。

3

找您，流浪——致前總統王鼎昌

0

您的信仰一如無車的地底隧道，蝙蝠不來
柏油路太短而前方太長
焰光罩你，曙光蝕您
火光護著孑然一身的您和筆直的隧道

焚燒，一起通向永恆
而永恆，如死亡般孤獨
似誕生般未知，所以
您短暫

1

春天，你在胸中起伏激盪
您以激熱的沉默緊追喧鬧的
似水流年

以健爽之嗓音背誦過〈大學之道〉
以閩南語回甘著〈昔時賢文〉
黑白鍵上您蕭邦著愛情
繪測圖上您放眼一個都市的風景
指尖夾過交響樂團的指揮棒
鞋底沾染了英澳校園的泥土馨香

您在胸中，醞釀著春天

2

燥旱的夏天，消防員的自喻
為您允諾了一場又一場的燃燒

花柏山上每一顆砂石三六〇度近乎絕跡的夜景輸送旅遊養料的纜車
您保留
社區重建地鐵開動機場啟用報紙橫排廣播改革
巴士德士城市路線如導管外科手術後的血脈疏通
您設計著
後殖民從頭開始的城市內涵
連上衣的設計，也是胡姬花的良田
您的熱能甚至比燃眉之急燎原之火高溫
以掌心，你握緊夏陽的溫度

3

秋風途經頸部
腫起的幾顆瘤
癌的冷卻已凝結成一片秋霜
您行履的足印仍須揚長
足跡過處，底下湖水溢出
如淚湧

是國人的淚眼還是你的笑顏
惡毒的腫瘤舉起的白手帕
揮舞如風中顫抖的白旗
您苦戰而勝的凱旋之音似聖歌聖水一樣渴望
不可汲

秋高，您竟然可以氣爽

4

冬雪狂擊著民選總統的石門
您被賦予捍衛者之姿
不　開
門外墜葉遮掩湖面之鏡
光，徹底棄權，鳥聲遠去
您以正義的速度追隨撤退的光陰，遷徙之溫度
可是保溫的昔日都已遠逝
一切火紅乾燥囤積積壓如熱情
冬雪酷濕地為你葬埋

然而最冷的那場雪飄零在一九九九
您潛入遺照上深邃如海的眼睛
讓40年的豔羨眼神擱淺
在自閉窒息的情感水域
您說
就讓離合似潮起汐退

您只想擲下一張時間的網
打撈回憶的殘骸
而您，繼續在拉長的影子內自泅
萬念棄您氣力離您
而您，仍在無感覺裡
情　深　意　重

5

您的信仰仍是地底隧道唯一的車
回頭的柏油路，太短
而前方仍然太長
可焰光是您曙光是您火光如您
筆直的隧道是您的坦蕩率直
讓我們的遙念伴您一起通向遠方

而短暫的死亡孤獨
遠不及您催生的人性

所以您才代替我們，趨近
永恆

後記：
王鼎昌（一九三六—二〇〇二），曾任建築與城市設計師、交通、文化、勞工部部長、副總理，後為首任民選總統，曾克盡厥職把關國政與內閣起衝突。一九九九年青梅竹馬的愛妻過世，二〇〇〇年放棄競選連任。

4

以石之名——致英培安先生

1 鑿石穿縫之光：讀您的詩集《石頭》

閱畢掩卷，我用手指在扉頁上寫下
堅定如石之詩志呵
如光，鑿破磐石，穿越石縫，而來
彷彿鑿破了混沌

即使無形，光
毅然決然銘刻著磐石
發出鏗鏘的擲地金聲
如自序中的言志，深深地嵌入
然後再巍巍地挺立，讓作品抬頭挺胸
自行說話

是的，石頭說話
因為每一個或深沉或拔高的如石之字都
記住了時間記住了歲月的季節
記住了童年記住了旅程的黃昏
記住了失眠記住了一再擴張版圖的黑夜
記住了夢記住了騷動的孤獨
記住了呻吟記住了始終透光的勇氣
記住了敏感記住了生存的陌生
記住了溫柔的眼神記住了人前不見的淚
記住了蒂固根深的廣場記住了飄蕩的雲

記住了實詞的革命記住了虛詞的吶喊
記住了戰友記住了親愛的敵人
記住了筆畫的執著記住了筆順的血
記住了那隻瘦削的不斷躡足進出詩句的黑貓
記住了同穿一件新衣的國王與死神
記住了枕邊的愛記住了始終的你
記住了一個詩人的永恆身分證
記住了　越來越沉默的
忘記

2 投石，以應您〈石頭〉詩

如石頭
對抗地球
對抗腐蝕
對抗萬有引力
對抗斜坡
對抗時間

對抗人為
對抗暴曬
雨打風吹
對抗橫生的野草
對抗築巢的昆蟲與害蟲
對抗自古不變
又萬古亙新
的荒謬世界

3 石頭已成大山：忽聞英先生凶耗

頑固卻頑強，你是穿越石縫之光
用每一顆字粒照亮已然黯淡的文壇
用你獨一無二的手術臺為不公開刀
為虛偽脫去戲服
堅持如草根的生命力
即使無根亦要撥弦
畫室裡，畫與被畫都是日常，都是生活

像你這樣一個男子
當叫男子漢矣

自此黃昏沒了顏色
而石頭
卻已成了大山

二〇二一年一月十日深夜

後記：
文化獎得主英培安（一九四七—二〇二一）是新加坡極其重要的作家之一，離世後遺留給我們極為珍貴的文化資產，其中就包括許多擲地有聲的長篇小說與詩歌，以及一個純粹的，理想主義的模範。

5　以詩迎詩——和《文藝城再出發系列》林方詩頁

1 駐城

那日，經過了那麼多日的那日
林家軍進駐一座城
您每一個兵就是一個字
腹內抽屜內酒杯裡養兵千日，守城一天
也值

2 睜眼

兵，先在城內
檢閱曾經戰爭與和平的廣場
樹立塑像，再豎立食指
等待一句詩的停落與起飛
一個詩眼再次睜大
如王者歸來的排場

3 綴美

人之所以異於機器人稻草人者幾希

睡蓮睡之
時間喚之
夜色獵之
庶民去之
詩人存之

如看不見的歷歷在目
如水窮處之水
無雲處之雲

4 微言

寓言來了
可憐的正經被幽默叼走
如龜兔的角色互換

珊瑚與貝殼的錯位
還有一頭兩岸不著頭的貓熊
一個微言
即成大義

5 臉事

翻臉丟臉賞臉打臉間
顏面早已盡失
再好的臉色也挽不回一點
面子本無問題
要怪都怪鏡子
太過好臉

6 掠美

當牲畜也跳牆
牆垣即坍塌
白色的高帽分崩

無顏的風景離析
竟是林家軍的短兵
劈下了鞭長可及的
小丑面具
美麗外衣

後記：

林方（一九四二—二〇二一），本名林賜龍，一九五九年參加臺灣名詩人覃子豪指導的中華文藝函授學校第十五居詩歌班，才華深受導師讚許，後成為新華現代詩先行者之一。他出版兩本現代派代表詩集《水窮處看雲》（一九八二）和《林方短詩選》（二〇〇二）後淡出文壇，過世前兩年才開始整理舊作，陸續在早報副刊〈文藝城〉發表。

一隻羊的政見與見證（噓，記某一年的大選）

提名日

甦醒，終於在今日報章的頭版
所有的鉛體字和麥克風複製選戰的複雜DNA
何其精準，如一隻溫馴的「多利」羊
嚇下稍微不那麼豐富的早餐
羊群終於翻開課本

「多利」羊：Dolly，第一隻成功複製的哺乳動物。本詩英文翻譯及討論可見：https://www.asymptotejournal.com/poetry/tan-chee-lay-views-and-testimony-of-a-sheep

是四／五／六年上一堂的政治課
或者民主考試總複習
不准良心翹課
智慧可否放假
還看填寫報名表格的功力

遠方銅幣形狀的雲層烏黑
戰鼓式的雷鳴傳自中東方向
眼前風景已經不如畫
風吹草低間
小小羊兒要當家

競選期

如果競選期也是植樹節
羊群將有無數水果充飢

急忙發芽，一粒貴過珍珠的仁心果籽
在鋼骨水泥地上
地下，必先有抓地的根鬚
後有肥料似的誠懇話語

迅速施肥，助選是陽光　站臺是空氣
一粒搖搖欲墜的橙黃木瓜
讓圍觀的羊群嘖嘖稱奇

果園外一隻落單的拖鞋
在小小的羅厘車上
發布：尋鞋啟示

這樣的比喻是詼諧還是文學
或許都不及
卜基精采的方言政治學

聽是聽　笑是笑
理想主義的質詢和現實主義的沉默中
小小羊兒要顧家

投票夜

投票夜，一個安全的夜
幸運的有票可投者在臨睡的日記裡
獨創祕密的筆跡，以錯誤似的叉叉
駐守一個有關硬體的承諾
兩句軟體的誓言

投票夜，一個晴朗的夜
月亮和星星簇擁成國旗的旗面
遠處已中期翻新的組屋，有集體抽水的聲音
在混亂的現場轉播

成績公布的廣告空隙

投票夜，一個熱鬧的夜
一座泛政治的體育館
一名仍然值勤的反對黨警員
一次不敢打的哈欠
一句必須經過漫漫六年才聽到悠悠回音的長長吶喊
一張在夢中不甘作廢的
神聖選票

電視機旁搖旗的繼續搖旗
吶喊的已經失聲
反對的，仍然在影子中反對

唯有民主的誓約
堅持用不同的語言朗誦
一如安詳的催眠曲

在激情的投票夜

組閣時

一棵樹是一句承諾
長成果園的路從此開始
路這頭，有排隊躍欄的羊群一一注視
路那頭（包括敵營我營），是否是果香撲鼻的夢土
四百雙眼睛不會只看到一幅畫面
但無論圍觀瞻觀樂觀悲觀
不管敵視監視審視
小小羊兒
都愛家

九流十家來獅島

從先秦至獅島，我們流行
各自成家

儒家

許多的仁義道德
許多的仁義盜得
許多的仁逸
許多的人
更多的忍

認了，教室內早已
不復見孔孟

墨家

就讓我們墨守成規
在烏鴉鴉的墨汁裡
浸泡全世界的愛心
要黑
就讓天地一併變黑

道家

無，本是另一種有
道，無論多小

原不是路
而是一種
家

名家

隔牆Sanga的孫女初生
讓公孫龍
取個千古好名

法家

讓我們祭拜
最引以為傲的模範法官
一個白麵包青天

還有一支殖民主子忘了帶走的
出土判官筆

陰陽家

海島型氣候是天象和巫術的媒婆
把日月星辰和五行攪混灌下
包管凶腐遠離
吉福延年

農家

在神農和農奴之間
我們的大地被迫以鋪路與建築
取代下鋤之速度

新陳之代謝

縱橫家

你驚聞手機彼端推銷保險的鬼谷子
一條三寸長的舌頭如蛇黏膩膩繞在耳邊
糾纏復糾纏，不得不為耳朵
買保單

雜家

兼容並蓄，我樂見群魔的亂舞
21世紀初，我們主編一套
屢事春秋

小說家

我提筆插入排行榜小說
一行行媚俗的字詞相繼逃出
伸手把它們捏死，才驚覺
民主早已詞窮

從建國到後現代
我們盛行專一
唯有發奮，奮發立業

逃難的中華字典

1

追殺始

這第N次的逃難版本
出版是猛於虎的奸商
發行是五馬分屍的鐵石心腸
歷史的循環在南方一個小國
撒下了鍵盤式的
天　羅　地　網

2 目錄逃

以目錄為地圖　價格為盤纏
部首，是前行探路的密探
中國歷代紀元表從附錄中失蹤
錯亂的年號　杜撰的王朝
在狼煙四起的烽火裡相繼稱霸壟斷
人頭以公制計量單位換算表交易
換算著歷史的長度
命運的重量

3 字詞散

四角號碼從四面八方汲汲追趕
注音符號與中文拼音握手言和得
極其短暫

異體字是失散的胞弟，在彼岸
難查字詞身帶太繁雜的細軟
胡亂安家　隨便下葬
音節表奏著進行曲似的軍歌
南音北調得何其熙熙攘攘

4

附錄亡

彷彿進行著一場糾葛文化顛覆血緣的
南征北戰，文字之間手足相殘
一本太過簡化的中華字典
終被撕爛

電影詩：當流亡遇上流俗

1

削完蘋果，把水果刀藏好

窗簾背後窺探到鄰居的偷情
我假裝繼續認真在案前燈下眉批不再可能的起義書
最激情的已是樓下五腳基生氣勃勃的蛙鳴
一如會考前一晚的廢寢忘食
（噓，水果刀藏在那裡——）
側面發現陰暗牆腳一條掙扎著的尾巴
面壁的壁虎對著剛吃剩的蘋果核吞吐舌頭
它，必定是水果刀的奸細

2

把沾了糖漿的血塊黏在壁鐘的秒針上　陪時間　老死

血腥味讓螞蟻追著跑
團團轉的是太過靈敏的嗅覺太短小的肢足
（可憐的條子，負重過甚的手槍和鏗然作響的手銬）
最末才有一隻聰明的工蟻從圓心攀上秒針一路挺進
（血塊愉悅地玩著旋轉木馬）
工蟻用不斷顫抖的觸鬚
發出了最後通牒

3

聽到房門奮力扭曲的聲音，鎖頭痛哭

消防車的殘喘苟延，條子的吆喝，醫生的語無倫次
我甜蜜地奸笑
拉開窗簾發現偷情的男女變成一對愛乾淨的貓

在對面陽臺大膽而深不可測地盯住我的無辜
轉頭檢閱已成河的血跡
我紅色血液的屍首成功滲入故作矜持的白色精液
為成就最後一次形而上的高潮而興奮不已

貓咪伸伸懶腰打了個無人可解的哈欠
幾乎宣布破案般證據確鑿地高喊：
「一、二……」

我遽然記起法文黑白片的開場與片尾
「然後往下跳　一路往下墜」
你一直自言自語：「so far so good——」
隨後也來不及描述自己著落的姿態
所有的記憶僅僅是一句
「so far so good」
貓咪摩挲微捲的觸鬚，斜眼地以嘴角敷衍：

「三……跳！」

so far so good——
so far so good——

so far no god.

「喵————」

4

從此謠傳有熱鬧的自殺在冷靜的夜裡

自殺的晚上是流亡的最後一個晚上
有兩隻貓照常交媾，一群螞蟻隨秒針迷路，三隻面壁思過多日的壁虎
一一為我和我信以為真的神救世人
守夜

尋你，不果

1

涉水而過，找你
浸濕的鞋襪散發古舊的味道

第一聲蛙鳴，響在月亮未出來的昏黃
夕陽遲遲不去，那一聲似乎暗藏玄機的蛙鳴
短促得幾幾乎聽不到
是你——
是你在叫我嗎

2

鑽入叢林茂密我彎腰側身發明各種前進的姿勢
找你

新生的樹梢有風的足跡
站在底下，像圍困在晚風的裙底
滿地的落葉沒有落花
鞋底沙沙的僅是葉尖僅是葉尖
是你——
是你在喚我嗎

3

登上鞦韆，我盪起遠眺的高度
找你

有一朵稀薄的雲偏離了山峰
一雙隱約的翅膀拍打著雲霧
一對失焦的眼睛看到朦朧的飛翔
一隻急迫呼吸的耳朵，聽到了喘氣
是你——
是你在應我嗎

4

翻過宇宙時空的圍牆
我跳躍，抵抗著萬有的地心引力
找你，不斷不斷

這個按部就班的季節，氣候凝固如入定的高僧
有些浮動不定的情緒，許多鉗制心房的布置
只有遠方，在遠方瀟灑在更遠方囂張

是你，你就是最遠方的流浪
一個我，只能在心頭不斷叫你
而你——
已離去許久許久

情事二三件

1

想韻腳

對你的愛慕，如一個精緻的陶罐
裡頭種滿了詩，等著你灌溉
如一個待押的韻腳

2

靜默情歌

找不到的歌詞，循著散逸的五線譜與音符
艱辛地在空氣裡聆聽可能的旋律與悠揚，結果

只能是無音之聲
無你之我

懸想著最初的音色，如蒸氣騰起
甚至震耳欲聾的安靜

3

無比的我

沒有什麼比撞見冷水的燭火更飢渴
比望見冰雪的赤陽更乾燥
比發現你的我
更我

4

原來鷗啼

我畫了每一種生物卻不敢畫你
你不是會死亡的生物
你是亙古
你永生

沒沒無聞的我，卻識別晶瑩剔透的你
原來伴隨南太平洋海風而來的海鷗，在為我喜極
而泣

5

自從

自從我知道
七點鐘是三毛初戀第一次約會的時間
七點鐘就永遠不只是

六點五十九分之後的一分鐘

6

無題，可解

你一定潛藏風裡
來看我，讓我揣測，不知名的寒意
或無法解構的氣息

樹梢　石縫　水面　雲沿
都是你精心安置的微小變數
層次何其分明，細節遵循抑揚和頓挫

遠近適宜的安全距離，出自最縝密的方程式
只能以你我青梅的定數、竹馬的曾經
解題

7

單相，思

既然單
又何來相呢

既然欠缺想像，你就現身吧
讓我省卻憑空，省卻天荒地老的
苦

8

情願涉險

再也不靦腆，當我遇上只能豁出去的理由
即使風雨雷電，即使浪濤滾滾，即使
無一救生圈

冥冥，原來從不明明

如船未至的渾濁水面
即使船過不留痕

我只能不管水深
隻
身
涉
險

9
情書邏輯

當刪去的初稿比存留的還多
是靈感的背叛，抑或捉不住，贖不回最初的
一
橫豎要散佚，乾脆來個萬千紛嚷，一舉清淨

刪去，刪去暗室之影、白晝之光
成立與未成立的邏輯
反正情書，從不依
邏輯

10
手札擱淺

回聲隱藏，太過洶湧婉轉的
沉默，偶然的手勢，絕然
的身姿

擱淺，竟是去信很久很久以後
才明白乃無人知曉的
窘境

11 甘之如飴

對你的信仰如黑洞爆發
萬年前的命運轉瞬間來到跟前，是生即是滅
何其熱血，更何其
悲壯

12 無限可能

封城時你來電
果真有晚霞露出，羞澀
答答的粉色，在比天邊
更遠的思緒陰晴間
渲染而來

與其亦步亦趨，消弭太多

的不可能，不如信步，尋索
未有人跡的符號與修辭
滑行而過的神祇

聖潔，似撥髮的尾指
剛修剪如新月的指甲弧度
堪比月暈的眉頭半掩半現，甚至
憨笑不笑的無線網路
那麼的無限

13

靈犀

忽覺隱隱的沁香自電話聽筒，彼端傳來
每一個生命都有自己的味道
鼻子不覺，唯電話筒嗅覺靈敏特別
徹夜通話的時候萬籟俱靜時間停擺，你的呼吸

最香

14
千年之約

那個約會，始終還在
那個時空，等待我們

如是赴約，勢必
那個千年的約
即使要我赤足，要我
涉過風雪

15
交往期

我們是有游移的不定，稀薄且顫顫之姿

如猜不準的歇後語，始終吊在
半空，留白地尷尬著

雖無心涉危，卻屢次走神
直到我們率性的或然率演化成定律
此無法定義的曖昧必將傳播，繼續感染
且陰且陽

16
北冥

前生的路跡尚有我腳印的氣息，安安靜靜
卻真真實實瀰漫於一雨成秋的潮濕空氣裡
跋涉比長更長的長途，待你
待你不經意的，轉念與
呼吸

17

抗慣性之戀

來，讓我們艱難而甜蜜地練就我們的默契
如祕密的黑社會語言

才可以奢侈的享受我們不為人知的
互相美麗

18

舌頭酣醉

飲你之唇，如最醇厚之酒觥
即使得棄清醒的寶座
那尾舌也甘之如飴

於是從此微醺總伴夜晚而至
如大牌的春天，先雪融而來

當夜色冒汗，我們何須汗顏
在還來得及隆冬賞雪春末踏青
的時刻

19

水骨相融

女人，你必定是
帶骨頭的水
而男人，我卻是
缺水的骨

20

打冷顫

冷戰，凍結了對信仰的最後一絲憧憬

連音樂，也對我們的沉默，無動
於衷

21

同路重逢

無聲的暴風雨襲來時
就一次，就讓我們在同赴月光的徑上
不顧一切地重逢

讓我們不約而同地透視紛亂流星背後的永恆光束
諦聽嘈雜天籟裡最寧靜的低音

22

天地平衡

和解之後，天地也安靜了下來

平放了你我的激動，天平即開始和藹
大地以塵土擁抱我的仰臥
地球的天平，才在地平線上
找到太陽和月亮，以及我們同在愛情裡的
平衡點

23

何必說

愛情祂，用最短暫的短暫詮釋永恆
噢不，永恆就不必說最永恆的永恆了

你懂的

一一唸青春

1

試解青春

歷史回頭，山水洗禮
和藹的暮霞早睡，夕陽不是該都細語嗎
微亮的月色也囁嚅著入夜的黑色歲月

本來就該無人理解的青春
就連青春本身也不理解
一場人禍的年少，變成天災的氣盛
特別是，在抗議與抗疫中成長的青春
要如何理解

又如何被理解

2

無敵有理

青春注定無敵
不是毫無宿敵，而是自我充塞得
無暇有敵意

3

性善惡不論

誰說青春性善，又誰說其性惡
人性早就注定任性
連讀音，也一致

4 青春若素

原來青春流浪的日子
哪裡都可為家，都是安然甚至若素
即使輾轉即使顛簸，甚至
流離

5 年少大道

年少的時候，哪裡都是大道，甚至康莊
只是走著走著，竟把預言讀成了童話
遲到多年的童年，終於不再失歡
未來，只會愈來愈癡狂

儘管年華譁然奮起，雖然抓牢記憶
也被記憶抓牢，不信彼此

放不過彼此的成熟

預言童話　童話預言，如孿生兄妹的日升月落
等待熱鬧，重疊的光和影影影綽綽，踉蹌在
年少的大道上

6
容貌焦慮

沒有外貌，就內修
青春要氣質，在舉手投足間
訴說的風情，何止千種
不說的風度，萬裡
挑一

7 獨善其神

青春就是鍥而不捨做自己的知己
然後在生命的終點自然而理應自滿地，倒背如流

8 青春不朽

光竟是，大自然的拾荒者，為任何的
被遺忘，鍍上色彩的輕撫
不朽的眼神

所有的青春都不朽
所有的不朽都溫柔

9

光年之夢

如果青春有夢想，必定長在樹梢
如欲碰觸星空的指尖，始終緊追不捨光與影
儼然最虔誠的信徒頻仍地舞擺著，藉以
轉告天地，有關堅持與放棄之間
差距的億萬光年

10

青春上路

瞳孔是黑夜的窗，不斷閃爍星月的
行裝

11 青春風土

一半土裡一半風中，愛慕如樹
青春一出世，就注定被觀念
禁錮，又被渴望
放飛

愛與慕自有其風土
再怎麼比枝椏高，比根深
也始終歸根如落葉

青春注定隨風翻飛又入土為安
只要有風有土，即可自然冥歸

康河　未完成式——懷念劍橋的35個瞬間

1

北緯52度

二月的人們在氣象預報的頻率中同謀，一年的大計
在嬰孩的啼哭和打呼中醒來又睡去
教堂的鐘是一切熱鬧的開始
棉被的溫度只可以停留在夢境，在歷史的北緯
52度的思緒

那裡是北緯52度的新世紀
設定或注定，在雅虎中頻繁張望
在熱郵急促的語氣短暫的熱吻間

我們和回憶，相約再仳離

夏日明亮的晚上九點，有北緯52度的陰晴
觸碰不了過於輝煌的千秋博物院安全的展覽品
即使逃生門也有另一個比較突兀的優雅說明

北緯52度的傳奇，種在麥田裡如晃動著童話的背影
如抵達天堂的豌豆苗，長不出刺的玫瑰花
甚至羅賓漢的草帽，在中世紀蔚藍的天空下
隨遠古遺漏而來的風微微顫動

以北緯52度的冷熱，生活的口音純正一如女皇
在旋轉門的後面，服務員的舌尖等待不列顛帝國的甦醒
彷彿，一整鍋永遠煮不沸的水
卻蒸發，殆盡

2

北國之夏

夏天的蚊蟲退兵
是形式也是心情

太沒心情去憂鬱了，這北國明媚
窗外，就連鞦韆也被燦爛的陽光
盪了起來

3

夏末語季

與樹梢展開最末一輪談判
在葉子失蹤之前，尋得辨認綠色的黑眼睛

無論黃色的泥土有多麼焦急
太陽還是被政治騎劫

雨季，總是濕冷的雨水過剩
溫暖的語言太少

而語氣的天空有著和平最初的長夜
最後的曙光

4
初秋蓋被

學院後院
群樹成列
落葉紛紛

呵，眾葉正以切身的墜姿

騎劫：劫持之意。

教我千萬種蓋被的方法

5

初秋葉落

秋初是顏色的季節
很有故事的吻在風中冷冽競相凋零
千花萬葉的色彩如我那年，一地尚黑的
落髮

6

聖約翰學院的防風林

如一首散佚的唐詩打蠟著新雨的空氣
夏天掙扎，防風林都歪了

7

曾經遠眺的北安頓室

那是天邊一道防風林外的防風林
我知道，經過那麼多個黃昏的黃昏
隔窗遠眺以後的以後，過濾得了風沙
過濾不了思念

可能再見嗎？我們曾經應諾彼此
卻早已失效的誓言，還蹲在青石的夾縫中
等待再一次的破土發芽

8

習之微刻（Sidgwick Site）的闌珊處

夕陽背後，秋天隨後乍達
漢學系的習之微刻校區外都是輾過雨季的車輪
燈火在白天猛亮，夜間護著寒氣

青翠得只剩下鐘聲的輪廓
陰影如雨的長度期待著冬陽
與自己苦讀後的迴光返照
那人的記憶還在燈火處
埋首

9

秋色淋漓

在彼此的語氣裡我們取暖
葉子轉黃的速度比你的眼神還快
枝椏找不到對話的可能
秋色，儘管淋漓

10 北地問禪

已然很深了，枯萎到極致以後的秋
才會開始轉告土地的祕密
風中，紅葉譁然地靜默著
欲言又止的，季節的密碼

等待子夜必至的疏雨，狂風注定打落
果然的悽楚，一地血

如是，我問
在論文寫不下去的抬頭瞬間
續說半個長夜的遺言誑語
足以驚呆，一隻錯愕的秋蟬

11 切割——想國王學院café想家的午後

窗口切割著風景
門戶切割著房子
唇齒切割著食物
話語切割著沉寂
字跡切割著線條
光線切割著黑暗
腳印切割著石徑
江河切割著土地
大地切割著海洋
季節切割著年月
時間切割著空間
空間切割著群落
群落切割著交流
人切割著人
交流切割著群落

群落切割著空間
空間切割著時間
年月切割著季節
海洋切割著大地
土地切割著江河
石徑切割著腳印
黑暗切割著光線
線條切割著字跡
沉寂切割著話語
食物切割著唇齒
房子切割著門戶
風景切割著窗口

你的閱讀切割著
我的書寫切割著
你的閱讀

12 閱讀之光

以閱讀，裁剪燈光
溫度在脈搏裡僵硬
手套陪襪子逃亡
惟有字粒
惟有閱讀

13 雨如虛詞

據說這裡的雨，脾氣如虛詞般簡短
冰箱裡的諾言已開始解凍
如何配飯，還看餘暉

14 光陰敲門

靜默勝過一片落葉，坐定
謂語後的喧囂
是誰在敲門
是去年的殘雪
前年的腳印

15 轉念異鄉

隔壁的口音依然隔壁
陌生的味道如煙飄過窗外
模糊了樹色，朦朧了
想念

16 滿室回音

窗外，似是幽谷傳來原始的低音
我一時愣住，這滿壁的回音
是劍橋的口音
還是我的，自語

17 餘味

窗櫺外還有人聲
回憶沉默了，牆壁上的爬藤類如疤痕
開了
又合
昨天還剩下味覺的碗碟還等著
我回去清洗

18

康河有詩

輕輕地，連魚都沉默了
深不見底的是康河的水紋
波浪也痛咬自己
在漩渦中尋找中心的靜

瀲灩如霞，波平似鏡
所有的沉沒都在妄想著激情
如那首一世紀前成為經典的現代詩

19

河水押韻

就內在地分解吧，倒影從不刻意押韻
伺機會見紀念詩人的一塊石頭
波紋妄圖節奏

深冬結不了冰的
就承載詩意，找大海說去

20

於是乍然

於是，就這樣了
在多年過去以後的忽然當下
一個念頭恍惚後另一個念頭轉不過來前
年輕時念書的情緒如今天的備忘錄
在遲到以後乍然被提醒

然後就於是了
接下去，又會是哪一個乍然的當下
被提醒後，再度遺忘

21 學術命題

深呼吸一行古書，以外文的盛裝降落
沒有包袱的智慧移民
讓一個世紀以後的探險
充滿學術喜悅的命題

22 光陰成風

光陰如火，在絕種的白老虎眼裡灰飛
前方是等待，穿越學術叢林
背後無轍
虎爪成風

23

想起葛蘭徹斯特林間

森林嗄然，凋零喚起了策劃農耕的燈
樹葉抵達了詩歌標本的櫥窗
一隻迷路的螢火蟲嘴裡唸著詩句
在睡前忘了向月光禱告
明天不雨

24

在城市車陣中念及

前方車禍
習慣猛搖醒城市暴雨的焦躁
粗口和指甲一併咬下
突念及鄉村過於禮貌的車道
甚至可以等待樹木

與風定下的心

25

窮學生

於是你低頭，在趾甲的隙縫裡凹凸
俯身撿拾著窮學生的窮

於是你狠心低頭，為了窮學生以後
一次可能完美的昂首

26

老激情

三十歲以後的激情不過是啤酒和比數
在輪胎和工具箱的背後，時間是鬍髭
現實，太過鋒利的一把剃鬚刀

酒沫與螺絲在四十歲以後的早晨
不會記得

27

你我的交叉線

我是季節，如一條隔開沉著泥土和洶湧潮汐的海岸線
你是時間，如那條分割混沌穹蒼和純淨浪花的地平線
在交叉的瞬間，為打成一個結
而努力不懈

28

過康橋

太浪漫的五四詩文讓旅客迷途
左右兩岸的歷史，來回跌宕的鷗群
記得背光的歸途

29

那年最克難的生日

撬開逼近期限的啤酒罐
歲數冒泡
理想的花生殼
裡頭必藏有血肉
一桌的骨頭
渴望著肉

30

倫敦錯亂

偶然自劍橋之倫敦橋
車如死水，錯亂的交通燈瞪紅了眼
形勢在車煙裡蒸發
隱居的烏鴉早已習慣

故築巢於泰然的
泰晤士河畔

31

懷念冷

拒絕在天氣轉晴時
錯過陽光的絢爛

32

想雪

已經了，即使末字以後的口音打住
舌尖晃動，門牙是一扇昨天遺忘的鎖
是了，就連雨雪也作勢霏霏
冷眼怎麼也冷不過心
就乾脆吧乾乾脆脆地

下一場奢華的
零下吧

33
踏過一個冬日

石頭挨緊石頭
我的腳步聲如青苔，縫隙內滋長
雪裂般的回音如針灸的記憶
開始在神經末梢，隔雪
搔癢

34 融雪9滴

c
眼線如羽
惹盡銀白的塵埃

a
北風用白雪
勾勒樹的輪廓

m
淺薄的冰上
行踏零落的腳印

b
鮮嫩的霜以累累之姿
囤積時間

r

童聲的陽光在老氣的殘雪上
躡足而去

i

據說手套還維持在上個冬天
執手的弧度

d

拋出一枚不夠結實的雪球
童真四溢，迅速融化

g

擋風鏡上凝固這霧
駛向，等不及的季節

e

潮濕和陰冷
手如眼光，已辨識不清

35

宿舍洗衣記憶

以青石階敲響一個夏天的寂靜
萬里藍天下只有蟬聲姣好
一唱一和地陪我記錄當時的當時

那是小兮淘氣跑跳的古老矮牆
我以她再也坐不下的嬰兒車
在笑聲旁推著滿溢的盥洗衣物
裡頭必定沾滿兩個孩子凝固的奶水和夢中的唾液
還有我們一周全職的混亂與兼職的睡眠

成年以後的留學，暑假很短，矮牆卻可以很長
後來的後來才知道，其實都是我錯怪了季節誤會了矮牆
像遺失在洗衣機裡的一條圍兜兜
我還在她背後吆喝著
喂　小心呵小心
矮牆會突然凹下去嗒

一不小心
她連同所有的夏天就這樣長大
翻牆而去了

凝固成詩——暖記哈爾濱

闔家一趟哈爾濱，得詩一束。零下不僵，詩意暖心，親情暖字。返回赤道，以記冬暖。

1

冷冷的沸騰

聽說童年的雪比較厚
那個剛失去老狗的男孩還佇立白茫茫一原野
等風待雪帶回那一聲忠實的
吠

2

東北漢子

東北的餃子形似滿街的冰雕
剔透著季節的神色

大口喝酒然後猛吞餃子的人颯爽魁梧
整個嗓門的吆喝短促、有力
滿布皺紋的笑臉仰天，冒著氣
十足滾熱如湯

3

與春天約

冬沉林深
我們以速度
滑向春天
好個年獸

就把我們
團圓起來
讓我們圍爐
讓我們夜話
說新年的快樂和
三百六十五個墊腳翹首的
美麗可能

而冬一聽
暖心得
自甘融化

4

零下的對話

哈爾濱的溫度可省略零下
但零下，又何其重要

有零下，冰霜和我的文字
與鏡頭的親熱對話
才暖心

5

甘冒風雪

不冒風雪
何能親炙風雪之
形色

6

冰雪聰明

何其有幸，讓我們見證冰雪
料冰雪如此聰明，見我們
應如是

7

鏡頭代筆

松花江上所有的航行
僅能蓄勢，墨汁凝固
我就用鏡頭
代筆作畫

8

聽餘聲

伏爾加莊園
留得殘荷
準備聽冰雪融化的聲音

9

深冬待春

冬沉，風瘦
我們以速度
滑向春天

10

相守

規矩排隊的柵欄
不規則的冰雪

11

俄羅斯的影子

俄羅斯的影子，深淺著
如歷史

12 靜待

光影斑駁，枝椏在等待
葉綠素的復甦

如我等著
你等著的
後來的
我們

13 冷暖自知

藍光繽紛
這是最冷的
冷色

疫中讀楊牧《微塵》十回

1

微塵大義

讀著詩人的結集遺作
突然想起什麼時候請其簽名　合個影　甚至把三十年來的讀後感　傾訴
以完成一首詩

一轉念　原來詩與詩人早已完成
似微言　進入大義
更如微塵　回歸大地

2

仰慕楊牧

詩已老，來不及易稿來不及逃來不及宣告遺囑
給被關心的人關心
字魂句魄
即已散逸

詩在大氣層內氧化成風又墜落如雨
然後又未來得及成詩即已蒸發
成仰慕

3

曝光

未定的手稿竟然在詩人未知的死後出土
付梓，甚至引起轟動
是內衣外露的尷尬抑或未申報的遺產曝光

所幸詩句始終溫暖，又正面發光
總有影子在行間斑斑駁駁，閃爍其詞

不守承諾的鎂光燈與睽睽眾目
直射入字句的心臟
讓坑坑窪窪的語義，堅持謝絕
太過善意的誤讀

4
彼時詩成

眼角窺見遺稿詩後無一例外
註明的草擬與多次改動之確鑿年月日
於是反躬自問——彼時詩成之日
自己還在奔波什麼計較什麼逞能什麼又瑣碎什麼
當那句驚天慟地的詩已然寫就之時

還需要在乎其他一些
什麼？

5

陌生的絕世

似獨步武林的輕功
你的寓言總快過預言
在最是人煙處，不會行差踏錯半步
即使被圍堵，即使毫無退路
眉頭一點不皺，來如風
去，似傾盆雨驟

6

拯救字粒

自他遺世的手稿間逐一
把忍心刪去的標點、字粒、詞藻、句法
拯救回來，如被紅地毯盛迎的難民
甚至戰犯的凱旋回歸

來，請入我的詩作
他棄之如敝屣的我拾若珍寶
一起甦醒康復長生不老
不管通俗或冷僻，他的字顆顆粒粒，只管浴火
當然舍利

7

殘存的刻度

冷風過處，有那麼個記憶中一句

暖語，無需問候卻道盡了
天霽

薄霜未解隆冬的深長
他的眼神，卻可以如縫隙裡的苔痕
以身，記錄著一些有關時間與光影
曾經有過的溫暖，以及所有風經過的
刻度

8
冷風

原來詩人的冷風借喻著逐漸朦朧的病眼
甚至被刻意蒙蔽的詩眼

無法想像精壯的詩人如何老去，如想像詩老去
病重的筆跡望不斷，天涯路長

如造化完成冰天雪地的北極那麼長
也那麼寒

不配出現的詩句是不存在的
一如不配求生的意志不存在一樣
押錯了韻腳就再押
錯過了的閱讀就再展閱

冷風吹痛病眼
病眼形塑冷風
詩人與詩老不老去
原來猶如謄寫一首詩那麼久，或者
閱讀一輩子那麼快

9

冬夜所思

所有的深刻宏偉恆久，都起源於須臾和幽微
彷彿比腦洞還深邃還黝黑的角落，鱗次櫛比的念頭閃爍
一點的星光就無限耀眼，即使在最孤獨深沉的思索復思索的
冬夜

10

比輕吟還輕的

尚存上世紀末文青的旋律
他早已以孤星之姿，自火山頭劃過
我猶回環往復，似火與光迸發
自思念的活火山底部
彷彿船已過的橋頭，抑或

宇宙終於的盡頭，始終
在黑洞的最底部，仰望

仰望，一種說好的等在天涯
大抵——就如是了罷
孤星比輕吟還輕地劃出了天涯

觀雲門舞集45周年舞作精選後，不得不書

1

行草永字

不僅平面八法　還更立體萬緒
從紙上行雲流水　到臺上流水行雲
是王羲之蘭亭序的起首　是王獻之的一筆書　是懷素的芭蕉練字　是張旭的
髮蘸墨
是舞者外出巡演隨身攜帶的筆墨紙硯
是筆斷意連高峰墜石的排舞口頭禪

全都　是
也全都不　是

就是在線條與線條間連字成篇　在行氣與行氣間
把一筆
舞
成
永
恆

2

松煙五帖

頓足如搗杵
扭腰似篩濾
滴滴復滴滴
蒸發的汗水
浸有青松香

丁香冰片香
深重不姿媚
如五色之墨
濃淡乾濕黑
絲絲入玉扣
渲染一偌大
深深的舞臺
看不太明白
卻明明白白
黑黑的
留白

3 竹夢秋徑

擁抱到撕扯撕扯撕的漫無盡頭無盡的秋天的秋天的竹林路上
上路林竹的天秋的天秋的盡無頭盡無漫的撕扯撕扯撕到抱擁

4 家族合唱

二——二——八
每一個數字都是狠狠的痙攣
記憶最深處的抽搐
拍子如此準確，卻又如此錯亂

那是臺語是閩南語是鄉音是臺灣的土地的絮叨
可怎麼我們一個字都聽不懂
那是原本最單純的白色最潔淨的顏料
可怎麼我們只看到最黑暗的恐怖

黑白照啊黑白照，大大的人頭更大的瞳孔
沒有一絲一毫的警戒
劃破午夜的電話鈴聲
沒有啊沒有
一丁一點的預告

「一九四七年三月十二
爸爸被五個便衣帶走」

燃燒吧燃燒
爸爸所有的東西不能留下一件
不能讓媽媽
看見一件

燒啊燒到最後
媽媽忽然渾身起火
燃燃灰燼中只隱隱聽到

「我要看你爸爸
我很想你爸爸
我很想你爸爸」

5 水月

每一具肉身都甘心
在巴哈無伴奏大提琴的旋律中
做一枚音符

每一個婀娜都情願
在潺潺溪流中
當一滴水珠

在舞臺上的巨大鏡片裡
陰陽相剋虛實互換動靜相生

無論是水中草　是天上虹　是湖面水漂　是墜海巨岩
氣韻都兀自靈動
東西畢竟交融

那不是鏡花不是水月
那是畢竟總要成的空
那是太極導引的導引
那是氣出丹田的纏綿
那是低重心的迴旋
那是三百年後東方太極與西方巴洛克的
注定重逢

6

千字文

將一千個字貼滿重重的門
是門神是門福是門門有道道道有門

將一千個動作嵌入輕輕的舞者
是撇是捺是提是按是抑揚是　頓　挫

他們舞著舞著蓋此身髮　四大五常的門道
我們看著看著
矯手頓足　悅豫且康的
熱熱鬧鬧

7
白水

白水是最抽象又最具體的形符
聲符即流淌淙淙的琴音
讓一張立霧溪的彩色照片
連成一串最立體的
象形文字

水花碎步　水勢騰躍
白色的裙裾舒展
在天與地間旋轉成地與天的漩渦

雲煙裊繞　水氣氤氳
繽紛的長卷緩緩如倒敘般捲起
捲起世界一起後退
後退到時間的源頭
源頭那處可以清晰看見
看見自然最自然的那滴水的
水的
白

8

如果沒有你

邊看邊唱

流行金曲卡拉ＯＫ
對面的女孩
已經看過來了
躲在後臺
放假的林懷民
還有什麼不能說的
祕密
巧合的是
雲門成為舞集的那一年
我出世
如果沒有我
可會有雲門

如果沒有雲門
可會有我

9 稻禾

這是唯一讓金黃色稻浪和灰藍色中央山脈
表演給雲門舞集看的舞

它們表演的鄉愁
來自土地來自田地來自培育我們的大地
它們插秧插在臺東的池上
金城武拍廣告的伯朗大道上
它們扎根扎進通向舞臺的田間小路
一條小名叫做天堂路的路
它們收割它們收割在燒田的白煙中

它們收割在鄉親停靠的輪椅相親的笑聲中

驅趕群鳥的細竹竿
綁著一條細布條
那是給大地的定情
那是大地給的信物

累累稻穗迎風
〈思想起〉的旋律響起
土地之思懷鄉之想
又怎能不起

10

風影

一群玄鳥飛過天際
就有一群影子拂過大地

一行滾動的石頭崩裂
就有一行迸發的熱情
熾燙沉睡的黃土地

舞臺有風有影有旌旗顫抖
如不確定的外在，捕風捉影的意義
而身披緊身黑旋風的舞者
早已經被風箏般的想像詩化
也被根植座位的信仰石化

當他們用盡身體的最後一絲力量
讓想像終於深入土地般沉寂
然後才安心地讓信仰
天崩地裂地引爆觀眾席

11
松煙終結

黑白　左右　龍鳳　上下　天　地　乾坤　吐納　高　低
直　曲　遠　近　靈　肉　坐立
前後　定動　快慢　吸呼　軟硬　乾濕　實虛
陰陽　多　寡　俯　仰　始終　行止　點　線　緩　急

舞臺背景瓷器的釉面紋理
可以飄逸纖細，更可以大快淋漓

或斑駁或斑斕
這夜晚半塊的小留白
竟然就是一幅人生的
大寫意

中年的我對孩子童年的13次嘮叨

1 龍溝童年

孩子，你知道嗎
那個年代的小孩都有一條探險的龍溝
是如廁的權宜還是練習跳遠的開始
龍溝的寬長可以自由選擇
除了水流的速度，紙船的航向
漂流的潮汐，是童年雨後所有的幻想

你知道嗎
甚至捉迷藏的倒數聲中半個匿身的夾縫

乾的溝渠比濕的草地更兼收，並蓄著石板塊的掩護
一個龐大的地底世界就此滋生
即使鬼祟，也偷摸得過癮

而孩子，你們的遊樂場中公共廁所裡
冷氣都太乾燥，乾燥得我懷念溝渠的皮膚
都起滿了雞皮疙瘩

孩子，如果從龍溝再往上游追溯
就是濁水溪、江河、海岸了
祖先的童年海水浴場神祕基地
你知道嗎

你在安全卻乾燥的遊樂中明亮但缺乏想像的如廁之際
像所有城市的鋼骨小孩光明正大地成長的時候
會知道嗎

2

返老

孩子，我剛目睹櫥窗上
被風壓彎的自己趕路的腰背
竟與你們的童年等高

原來我已經，見倒影是倒影
見老年
如童年

3

還童

孩子，必是一種神祕的巫術
魔幻著靈魂的語言

還在檢查定律的科學家放棄信仰

等號被風吹成兩把利刃切割過
所有的誤解和不解

再化成一雙筷子，夾起我早失蹤
而你們過剩的
童年的語氣

4

識字緣起

孩子，當我教著你們
認識第一個字
爸

我自己竟然回到三十年前
土地公牌位上，識字的初心
字句間膜拜的好奇

對神明的崇敬

這兩者之間，必定有著神祕的緣起

和緣續

5

繁殖幸福

孩子呵，讓我的眼成為你微笑的溫床

為酒窩釀成一罈美好的女兒紅

在你們終於出嫁的夜裡

與幸福攜手開瓶

6

打包純真

孩子，你們為何還在等待

歲月已在迷宮內迷路

我要如何告訴你們
成年的慌亂、童年的耐性

孩子，讓我們且打包外帶吧
所有不知所以的成長
還未售罄的
純與真

7

植，長也

孩子呵，就把你們栽進畫框吧
寄回鄉下的老家
那裡——有陽光泥土和肥沃
等著種你們

那裡——有五穀豐盛的屋頂
等著暖暖地照曬你們的日頭
那裡——有光陰的麥場
那裡就是大地的底本
一切成長以前的真章

8

許願

孩子，我童年錯過的那顆流星
你們可不要再錯過
它可是許願井底
一枚虔誠的硬幣

當流星不挑剔醜陋的枝椏棲息
而後滑向天際
那才成其飛翔

更成其美麗

9

老來

孩子噢，你們知道嗎
老來最想掌握的只是一些些美麗的光影

那些些隱隱的恐懼如逝者斯夫
串謀時間醞釀偉大的失敗
一場每個人都需經歷的與時間的對決

所以美麗那麼關鍵
如感官的會意，指尖的觸覺
以及，噢不
都不及你們的熱

10 靈魂的用餐

孩子，你們記得小時候
教堂的鐘聲每天準時在傍晚
五點半，連續地讓人放心
你們曾問是天神晚飯的禱告詞嗎
孩子，我們都沒有答案
但虔誠，讓我們安靜地用餐
並在飯桌上聽到本屬於天空靈魂的
悠遠咀嚼聲

11 給孩子的埋藏

孩子，請記著
我將母語的詞根
埋藏在北國的石堆底下

以備深冬鑽木的不時之需
或者春暖的冒險發芽

石堆邊即使有些水層岩
已經老得難以防水
孩子，只要記著那個
埋著寶藏的石間
那裡，一定滋長著夢想
童年的養料，也必定
仍在努力為母語
施肥

12
童味兒

白雪一個失足
砰地落在熟透生煙

的番薯上

噢，孩子
我忘記童年的味道
已經好久好久

而你們是否可以好久好久地
記著

13

無畏

孩子，你們可知那時，眾樹還矮
我們的童年，無畏可言

所有的明天還遠
只有抓賊的兵近

除了回家，我們的童年實在
無畏可言

沒有什麼比蟋蟀的陣亡
更揪心，更讓時間得以拉長

噢孩子，你們的童年
定要找著比兵抓賊比蟋蟀
更無畏的無畏
更長的長

引力4道

1　山巔聽到

你的山巔之巔
似魔幻Crescendo之音符
舞動於大地五線的經緯之間

有譜沒譜，都不是寫生的人說了算的
更不是領唱的嗓音唱了算

四季終會發聲
天籟終將俱起

我才聽到旋律的重量
才聽懂你原始的傳唱

2

杯底啜及

一瓣茶葉浮了上來告訴我閒適的溫度
與正在四溢的，你的
禪機

3

天地巡梭

動身，以筆
去巡梭天地間你那深不可測的凝神
以及語焉不詳的，我的歎息

我立志記下破譯的祕笈
抑或解碼的
狂喜

4

海上游弋

海岸線原來就是海浪上色的邊緣
而且游移不定，進退有時

甚至如最是起伏的情緒
更像極了你我笨拙模擬
卻又偏要謄寫的
地心引力

寫作是一場偉大的冒險與就義

1　蓄勢待寫

未曾觸及的詩題一再出現
手寫的陌生筆畫反而有了探險的意味
和初夜的刺激

如詩如畫的第一次走筆
去看天地，也被天地細看
蓄勢也被勢蓄

一首虛構的偉大真跡，於焉就地

取義

2 Teng 寫初心

初心，如何謄寫
一謄或許還是心
卻肯定，不是初了

或許可以騰
讓記憶騰空而起，躍回到縹緲的年代
還未施肥的土壤等待富饒的想像
即使是一塊石頭也有發芽的權力

想像的溫室裡必定有不公的條規如大山壓頂
莫須有的罪名環環相繞，必定有太多的個體
束縛久了竟然也舒服了的

必定有刺心有痛心有揪心的籽
讓所有的心
起一個初

更可以疼
疼惜與疼昔
咫尺之遙呵護之至
畢竟所有的疼必定陪伴著痛
痛讓心清醒，清醒在太多個體
的陶醉與逃罪之中

毋寧心思騰飛，俯瞰自由的版圖
毋寧悉心疼顧，仰望無懼的星空
即使初心無法謄寫，必然繼續閃爍亙古彌新的
穿透層岩疊石
之光

3
植被老靈感

腦海乾涸，被思念的野生植被覆蓋
且不住生長壯大鬆土之根四方八面而去
激動地洶湧著成林成綠色的
瀑布

根土讓你目睹老化，原來
靈感也會熟爛，隨年月的
皺紋弛緩，迷途不知返
且多疑

山陵外最孤獨的是地平線，那裡或許才是最適合離散的無限蔓延
空谷的回聲，溫柔而綿長，隨著植被與瀑布般的老靈感
彳亍而來
孤身而去

4

筆墨出征

糧草齊備在緊閉的白雪門窗背後
夏天的目的地在被白茫茫覆蓋的路盡頭
熱情的酒燙著舌，冷漠的蠟淚如冰
行客的征衣呵，仍不捨在針頭

而筆墨早已上馬
大地的稿紙走到哪兒
就哪兒

5

征伐更高的目的地

就像人啊人，抵達最高的塔仍
向更高的高
仰望

沒有歌唱就不必有舌
沒有飢餓便遺忘靈魂
沒有飛翔又何來天空

沒有詩歌就
何必有筆

6

攜帶信念

寫作就是零下的一把火
溫著歷史縫中的希望
即使在北地激盪往復的狼嚎回音中
即使未來可能的終於還很遠
即使人類已經如狼豹，仍相信
史前的第一把火
有過的熱

7 寫作如自刎

以劍
指向自己的頭顱
削去妄念，在妄念阻滯自己
之前

8 殘忍的字

像即使水滾了氣泡都不捨得離開
我的字捨不得離開我

噢文字，太漂亮的文字
太過的近乎殘忍地讓我迎接不歇
又讓我被黑夜認定會徹夜不眠
隻字

不漏

9

冷靜推敲

我和這個推敲已經相持不下百日
睡眠還以為可以速戰
速決

讓夢在醒來時，連自己
也忘記

10

荒謬現代

原來書寫進化了五千年
竟然歸結到現代性僅存的

一個孤獨，半個
荒謬

連帶的，我們也學會了上帝的Undo
甚至不必立可白不用修正帶

在進化對錯之間，只有不假思索的
Ctrl—Z

11
深邃互映

稿紙的每一格子就如天空倒映著
古井的形狀，口渴的模樣
如井水囚禁的一小圈天色
半朵浮雲

我讓深邃的星子以千萬光年而來的意義
冷冷地注視，也被註釋
井邊沉默的石子以自身的歷史證明
海枯和石爛，更證明
永恆的存在

及願望的成真

12
歷史就位

填滿方格子後，一切
都就位了，沉默的石塊和斑駁光影
曾經寂寞的在場
熱鬧的離席

離席，如放下手中的詩集
經已秋深似雪，空無一人的午後
暖暖的目光無聲穿過滿地的落葉
騎上了年輪中的蝸牛
詩意，才蹣跚
而至

13
索求知音

激動如表演中的薩克斯風

在夜最深的盡頭求索閱讀的眼神
會心，以及，即使是一瞬間
回音的可能

14

寫作回聲

多年以後始終還是那本破舊
不堪的舊詩集
聽得到自己的聲音

回環往復，且毫無時差
所有簡繁的字粒穿梭其間
竟然可以隔著回音壁般的海峽兩岸
唱和得如此和諧又彼此安眠

15

後續待續

傾盆已經遠去，雨衣還在淚別
護照已經返家，旅行仍在進行
文字已經付梓，創作才剛開始

節後餘聲

1

農曆的年味兒

副刊的新春詩歌特輯
宛若版面上終於無需社交距離的群聚吆喝著——
「來吃團圓火鍋咯！」

一句一句的詩就是一串一串的字味兒
有的生有的熟有的半生不熟
擠在熱鍋裡，一燙就成了

水乳交融的契闊之交
再沾一沾辛辣或者酸甜
即成了字粒的患難與共

文思暫聚口腔，靈感劃過舌面
閱讀的滋味兒，讓我們生猛嚥下一大口垂涎

穿越現實詰屈的齒縫
避開錯字別字的喉結
歷經代謝循環的腸胃
順勢就來到了色香味兒萬全的
新年

2

當復活節與清明節同一天過

——寫於二〇二一年四月四日復活節暨清明節

當復活節與清明節同一天過
窗外雨，瀟瀟過
野外風，蕭蕭過
一把濁色的油紙傘
打殖民的街道撐過
避過教堂避過寺廟
一隻黑色的老鴿
自迎接與相送的淚光處飛過

自相送與迎接的笑顏裡飛過
一隻白色的幼鴿
飛出教堂飛出寺廟
打後殖民的街道撐過
一把紫色的油紙傘

野外風蕭蕭，過
窗外雨瀟瀟，過
當清明與復活同一天過

3

端午：粽子之淚

沿著裹粽子的麻繩流下令人望而生畏
　的精光發亮的油漬
　　必是屈原故意
　　　留在沙上
　　　　兩行
　　　　　水
　　　　　跡
且讓我的雙唇，抿含這傳說中的悲傷

管他是汨羅江的淚水還是龍舟的血漿
總之滾燙的紀念，將為乾涸的俗世
提供滋潤與
光

4
中元：魂魄修行

暗夜繞樑而過，魂魄的腳步聲輕
無需突圍——即抵悲傷的盡頭
魂魄的夢經過前世的夢境，途經流淚的屋頂
無人應門，卻彷彿有來世——
破窗而出
魂魄的夢想繞過太過嘈雜的歌臺

抵達廟宇的旁殿，夜半的鐘聲響在耳畔
純銀耳環顫抖
此去經年，已是最純粹的作別

聆聽的當下
必定有偉大的靈魂正不斷打撈
偉大的投胎，無限的即將成真的當下

來生世界須經歷熱與冷
除卻舊世須深入冰與火
可恨又渴望的是始終還有一首超度的歌未唱
在宇宙洪荒的盡頭等待悼念
一縷孤魂

中元以後
新芽定是握著拳在中原之地
破土而來

5

中秋：超級月色

整夜仍未見呢
據說七十年才捨得讓我們邂逅的
最逼近大地所以碩大無比的一顆無敵超級月
偏偏那晚獅島多雨還多雲只好在心裡頭偷偷地勾勒
從案頭的河山去找吧杜甫的營養不良太瘦癟絕不適合
至於李白的早已經喝飽了黃河水醉倒且投河別去招惹
或許東坡曾經乘風歸去起舞弄影把酒問過的最是契合
那圓圓的玉盤有宮闕有瓊樓有仰望也有文化有深刻
否則高處不勝寒就只剩下恨噢烏雲裡來煙霧裡去
就像手機攝影模糊光暈不懂月色
所以我見過最亮的
～還在千里外在詩詞裡
默默唱和

6

聖誕傳說

冷火減弱，爐邊的襪子已經烘乾
連聖誕的潮濕記憶也乾癟許久許久

當窗外的風鑽過時間的空隙進駐成永恆
抖動的爐火呵
請你停下，請你
再說一個有關聖誕與我們的永恆
傳說

你說還有什麼比傳說更能夠抒發歷史
又掩蓋歷史呢？

凝目四視

1

新加坡河頌

一條河靜靜地蓄勢緩緩待發
流過暖暖的赤道長長的終年是夏

多少個世紀它是海人在淡馬錫的家
七百年前來了王子山尼拉烏他瑪
一八一九萊佛士用英語喚醒漁港
炸飛的新加坡石讓路給過番的帆船和落戶的舢舨

過番：方言，舊時指到南洋謀生。

倉庫與苦力在河畔相依，殖民與日據在島上割據
度過歷史的長河小島終於獨立
國慶檢閱典禮之前　剛好雨停

無論種族英雄語言文化，多元在這裡開花
無論胡姬或建國總理栽的黃牛木，這首席園丁就是讓奇蹟發芽
摩天輪摸天　濱海灣繁華　連河邊的組屋也是百萬身家

豢養的魚尾獅最是聽話
終日滔滔忠誠一如擎天大樹的準時眼眨
河邊的最高法院也整容美妝成美術館
地鐵和交通最大　可以讓河水改道圖書館搬家
SQ，5G與F1成了習慣的符碼
河上擁擠的駁船讓位給觀光客與酒吧
以及更擁擠的高樓與大廈

十年清河我們送走汙濁的泥沙

百年移民我們懂得成長的代價
是先輩的赤手空拳和白手起家
輪到今天海陸空軍以及民防與警察
還有全民防衛的你我他
共創了一個源自新加坡河的
幸福的家

後記：
二〇一九年，新加坡藝術協會成立七十周年畫展，也紀念新加坡開埠兩百年，四十八位資深畫家共同執筆創作一・五米高五米長的巨畫《新加坡的故事》獻給國家。我以詩寫畫，記錄眾畫家齊心協力把七百年歷史濃縮成畫的壯舉。

2　大地一聲雷——觀崔大地書法展後

如行雲　追著一筆畫
於是　就趕上了一個字

如流水　暈開一個詞
於是　就染成了一首詩

下筆　就是隨心
收筆　當然所欲

大地　如一張最純淨的宣紙
就該有這麼一聲
最響的雷

3

筆下成精
——訪陳文希故居最後一次 Homecoming 回歸展後

當你走近　上一個世紀的故居
炎陽　也開始顫抖
就連穿越涼廊的風都有了　霸氣的色彩
暈開了　最恣意的姿態

花草都在回憶紙面上　曾經的盎然生機
猿猴的低鳴蒼鴐（疑蒼鳶或蒼鷺之誤）的跳躍
雞鴨鶴與松鼠共舞的愜意
那影子　那雜而不亂旋轉的影子
都是墨韻，都是層層疊疊焦濃重淡清的魔韻
都在他的筆下他的指尖他的留白處
復活成
精

4 熱帶語：熱帶觀《熱帶雨》後記於雨中

熱帶　有雨——
有　熱雨　偶　陣雨　雷雨　暴雨　太陽雨
悶　而且濕
如壓力鍋　被煮　開了　仍一直在　滾　的白　開　水
叫　每一　個　毛　細　孔　如　組屋的　每　一個窗戶　不住宣洩
讓除　濕機　像　冷氣　機　不斷　喧　囂
而　熱帶就　繼續帶著它的　雨
如它　的　女人
淅淅瀝瀝地　無　所不　在
淅　淅　瀝　瀝　濺了車　子
濺了　房子　欒子　肚子
濺　了兒子　濺了　妻子　老子　一　家　子
濺了學子和一國一校的旗子
還嘩啦　嘩　啦　徹徹底底　濺了　一床
連　離鄉　背井　過橋　過堤　也曬　不乾的
——百　衲

歲末返歸南僑母校金炎路舊校舍驚覺原來如此

1　一九七八

那還是一個小學辦啟蒙班的年代
多麼具有前瞻意識的幼小聯辦，現在想來
我五歲進入小學牽著同伴的手
仰望誠毅二字和巍巍然五樓的國校旗搖擺，說
有一天我會上去升旗臺

媽媽在小學教書我在啟蒙班讀書
什麼功課不懂老師很凶同學欺負，都有靠山退路
工藝教室就是我們的啟蒙班課堂

一九七八年多個悶熱的正午，我唱過童真的下課歌後到隔壁販賣部
同學的媽媽就是販賣部的阿姨
趁她轉身我偷偷翻開知識畫報還有公仔書

原來
我的啟蒙我的前瞻我的仰望我的誠毅我的靠山我的退路我的童真我的知識我
的公仔書
都源自
金炎路

2

二〇一三

這已是一個小學復辦啟蒙班的年代
多麼具有復古意識的幼小聯辦，現在才來
我們四十歲的同學們牽著孩子的手
瞻仰誠毅二字和耄耄然五樓的翻新校舍，說

從前有一天爸爸在升旗臺
媽媽在尊師重道的禮堂臺上我在臺下
什麼當年的校長責打老師善誘朦朧情史今天的奶嘴尿布雲英未嫁
都在我們舌尖復活彷彿尋獲時間囊裡的話匣
6A教室就是我們起航的港灣永遠的老家
二〇一三年一個微雨的正午，我們再唱熱情在燃燒的時候我看到隔壁阿姨微濕的眼角
這位同學的媽媽也是女中的校友一點不假
趁她拭淚我偷偷打開關閉了三十五年的快門和回憶匣

原來
我的啟蒙我的復古我的幼小我的瞻仰我的尊師重道我的臺上臺下我的校長我的老師我的朦朧我的時間囊我的老家我的熱情我的燃燒我的同學我的校友我的拭淚我的回憶
都埋藏在一九七八年如此的
金炎路

寫給雪橇犬史內比

1　雪橇

你已遠離熱帶而去
在老得失聰足顫的時候
你會終於放下速度、嗅覺與食欲
（我甚至懷疑你是否染疫）
雙目的闔上與睜開強加對調
沉睡比甦醒安逸

已去，去重尋失散一輩子的
雙親與手足

甚至那把從未見過的雪橇
那未融化的冰天
前生下世的雪地

2 毛小孩

當十五公里的長跑記憶又一次在你昏厥時浮起
你的四足，終於可以微顫，甚至
騰飛踏雲而去

為什麼，為什麼奔跳入我眼簾的
卻是你竟日的沙發奔跳與草地快樂
在我下班返家的當兒
上下滿屋子亂竄如跳著探戈
雖然不見僅僅半日
對你卻似三秋之隔

呵　是了
毛小孩的日曆就是把人曆殘酷地乘七
在每日上下班的等待裡
原來已然高壽更近期頤

何其不安不樂的我們
竟然要你安樂
抱在臂彎裡睜大眼睛
看你雙目最後的閉闔

去吧去到最高的雲層草地
長年發炎的聾聵雙耳會再次聽到我們呼喚史內比
無力的四肢重新躍起，追上太快的時間太遠的長跑記憶
優雅帥氣的雙眸必定讀懂我
這首寫給毛小孩史內比

獅島散步懸想半打

1

路邊

為縫隙裡的野花澆水
甚至準備唾沫，為一個可能的茁壯
珍貴地
吐下

2

樹邊

籬笆外一隻自生的新明路野雞

想像成一隻椋鳥飛上了無獨有偶的枝頭
一層一層地尋找飽食的雛形
簇擁一個雷暴雨來臨之前的永遠灰黃的傍晚
與始終輝煌的理想

3

腳邊

腳印摻著沙石
星期五的幾滴雨水
四面八方路過赤道的風
頭頂膜拜著遲遲不離
霸占天空的夕陽

4 蓄水池邊

儲存了過多的寂寞在水裡突發奇想
決定讓麥里芝蓄水池也洶湧
飽滿的影子搖曳，水的邊緣不確定地游移
痛苦著
如對擁抱的信仰

5 人世邊

紛至沓來，叛逆的思緒
把門帶上假裝瀟灑
預設武吉知馬山裡種滿奇蹟

麥里芝蓄水池：新加坡最老也是最大的蓄水池，位處島國中部。

原諒人世，然後開始隱居

6 天邊

錯位的眼神在天地間流亡
哪裡都避不開鬼影幢幢
巧妙偽裝的病毒

腦子著涼了，故事老了
算了口罩，算了
渾濁天地不會看見口罩內我已經代魚尾獅
把滿口的苦水笨拙地
吞下

疫在言外：21例

1

腥聞

一早醒來的新聞被不安擺布，為荒誕拋擲
噩夢還在，牙齦上冒泡

一個警醒的早晨
收音機裡殘酷搬演全世界的
變形記

2

初老

童話眼巴巴地自語，想要永遠天真
病毒轟然碾過，連無邪的眼神也一併查抄
口罩下未落的幼齒，是我們童年唯一的
見證

3

（病）毒誓

唯恐不成傳奇，它們和它們的優生學
逆境變種，開胃苗裔
陌生震動如芮氏地震規模
轟然而至後，將常情和慣性
風雨般，一陣一陣，一絲一絲
解體

4

封城

生命從不停止幻滅
更從不停止幻想

救救被隔離的理想
救救被封城的思緒吧
救救從不為我們而主觀的大地
救救醫護好救救　全球封鎖的
時光

5

勇敢如你——致前線的每一位醫護

在勇敢之前
你必定也怕……
如果恐懼可以量化

你一定有雙倍於我們的害怕
害怕陌生的敵人　戰役看不見尾巴
害怕防護服護目鏡呼吸器有沒有穿好
害怕緊繃的口罩會不會在臉上留下瘡疤
害怕你被感染更害怕被你感染
害怕著病床上的害怕更害怕病房外的淚如雨下
害怕無形的病毒偷渡與你回家
害怕牽起未婚妻的手
甚至害怕攙扶年邁的爸爸媽媽
更加害怕抱起搖籃裡的娃娃

但比起害怕
你更加勇敢
如果勇敢可以量化
你一定有雙倍於我們的勇敢
勇敢直擊即使是陌生的敵人　即使是戰役看不見尾巴
勇敢穿好一層又一層的防護服護目鏡呼吸器　好去戰鬥不惜代價

勇敢長時間戴上緊綳的N95口罩　不管留不留疤
勇敢扛上山大的壓力　照顧被感染的每一個陌生的他
勇敢守護著每一張病床　即使要加班要全天待命要完全不能拿假
勇敢防衛著每一個國人的家如你自己的家
勇敢讓未婚妻勇敢牽起你的手
勇敢讓年邁的爸爸媽媽安心且欣慰地拍拍你的肩胛
勇敢讓搖籃裡的娃娃不只安全更要勇敢如你地長大
勇敢
為了我們每一位國民
合力撐起的整個國家

6

無一人

馬車駐足，情節就有了轉折
如花落，風竟未起
驟止的鈴聲還未滿足想像的聆聽

其中的隱喻似跳躍過多的音節失序
夏天未完，秋天插隊的時候想起太久沒有的音訊
午後竟然持續無風無雨無生息

連一字與人字的歸雁，都已
散去

7

孤獨如塵

原來孤獨不過是一粒塵
連塵土都不是，只能土土
稱其為塵
不依恃什麼，也不被什麼依恃
連象徵也沒有

曾經還有風雨夾帶

如今連自言也不能自語
無論隔離還是阻斷
孤獨毫不猶疑，實實
在在地欠天地一絲依賴
半點兒存在

8

無心安處

封鎖疫情下夫復何求
不過祈求暴風眼裡
一張書桌上的
風平浪靜

9　如莎翁疫中的書寫

似可以理解莎士比亞了，相隔四百年
我們的時代一起染疫，我們一起，被逼疫中書寫
筆下多愜意
真實，就多苦痛
可恨的是，彼此缺一
不可

必定是被封鎖的時候
哈姆雷特　才吶喊得出那句千古大哉問
To be or not to
逼

10

靜讀養老

現世不穩，愈亂　愈老
愈是回歸閱讀
靜靜地，在字裡行間洶湧磅礴
學老派的勁兒，只對字眼兒
執著與頑強

11

陽臺之用

每個腦袋都該有個陽臺
適合乘涼，或者打盹
噴雨的時候，來得及撤退，並掩上
保持室內的乾爽

12 在冷靜的世界裡暖笑

縫製一件冷靜思考的被子
在疫情如雪的世界裡也可以安睡
甚至暖得夢裡發笑

13 真相

生與死，一場等待破碎的過程
本來，生命想要的悄悄隱居卻永遠在
世外

而那裡，竟沒有安全的
桃源

14 只剩下的滑稽

對於生命我什麼都不會
更不會
理所當然

原本自以為偉大的冒險
卻換來一場絕世的滑稽

誰說的，死有重於泰山輕於鴻毛
實則滑稽如
菌

15 瘟疫傳奇

傳奇不過是未傳即奇

一傳
就染了

16
死的回聲

初到墓地才聽到
最沉寂的，其實必定也最
喧鬧

是誰說活，有千萬種姿態
死，只能躺平

千里孤墳
託風傳回一聲冷笑

17

物哀如塵

物之哀，沉溺季節的最深微處
跟蹤夕陽最後一抹蛋黃巧遇
流轉之水
墜落之葉
彩虹消逝前逐漸縮小的弧

大自然自給自足的哀情
不需理解，何必同情
就尾隨爾後，成風成水成
塵

18

出塵

午後以往，深夜來時

動詞顧左右而言它
虛詞被拓，語法失效
輕車不一定熟路
老馬肯定識途

19
終於堂食

餐館擺明
無餓不坐
嗜宴自肥

而我們從堂食自甘被萬惡的美食俘虜
痛苦地快樂著，然後邊期盼邊懺悔

20
與毒共存

已跟不上染疫的數字
如應試遺忘的定律，算不出的
公式

檢測心神，隔離思緒
都是陌生的感染群
都是情感的黑區

不解疫苗的早夭，更無解耆老的早逝
接種後的變種，林林總總

誰也罩不住誰
就只能一口一罩
自救自求，多福多壽

21 新常態

毫無預警地世界入夜，也入冬
且無人知曉眾目祈盼的那個
黎明何時，甚至會否到來
來時，又長個什麼模樣

抓狂的是，我們不只有過多的常態
甚至有，更多的不假思索
甚至閉上雙目的——
新常態　舊接受
在一個後疫情的新時代

新人間 349

長夏之詩

作　　者─陳志銳
主　　編─何秉修
特約編輯─蔡宜真
校　　對─王窓賢、羅位育、何秉修、陳彥廷、蔡宜真
責任企畫─陳玉笈
美術設計─謝佳穎
內頁排版─立全電腦印前排版有限公司

總 編 輯─胡金倫
董 事 長─趙政岷
出 版 者─時報文化出版企業股份有限公司
一〇八〇一九 台北市和平西路三段二四〇號七樓
發行專線─（〇二）二三〇六六八四二
讀者服務專線─〇八〇〇二三一七〇五
（〇二）二三〇四七一〇三
讀者服務傳真─（〇二）二三〇四六八五八
郵撥─一九三四四七二四時報文化出版公司
信箱─一〇八九九臺北華江橋郵局第九九信箱

時報悅讀網─http://www.readingtimes.com.tw
時報文藝 Literature & art 臉書─https://www.facebook.com/readingtimesLiterature
法律顧問─理律法律事務所 陳長文律師、李念祖律師
印　　刷─勁達印刷有限公司
初版一刷─二〇二二年七月二十九日
定　　價─新台幣三六〇元

時報文化出版公司成立於一九七五年，
一九九九年股票上櫃公開發行，二〇〇八年脫離中時集團非屬旺中，
以「尊重智慧與創意的文化事業」為信念。

支持單位：
新加坡詩歌節 POETRY FESTIVAL SG
李氏基金 李氏基金 LEE FOUNDATION

長夏之詩 / 陳志銳作. -- 初版. -- 臺北市 : 時報文化出版企業股份有限公司, 2022.07
面； 公分. -- (新人間 ; 349)

ISBN 978-626-335-218-6(平裝)

851.887　　111003984

ISBN 978-626-335-218-6
Printed in Taiwan